座敷童に恋をした。

ざしきわらしにこいをした

座《ざ》敷《しき》童《わらし》に恋《こい》をした。

いおかいつき

ILLUSTRATION：佐《さ》々《さ》木《き》久《く》美《み》子《こ》

座敷童に恋をした。

LYNX ROMANCE

CONTENTS

座敷童に恋をした。

1

旅先で受ける不幸の知らせほど、無念なものはない。どんなに気が急《せ》いても、物理的に駆けつけることはできないからだ。

西島《にしじま》祈《いのり》が祖父の危篤を知らされたのは、オーストラリアでコアラと対面していたときだった。そこから急いでチケットの手配をしたのだが、結局、祈が日本に帰国した日には、既に葬儀も終わっていた。

それでも、墓参りには駆けつけたいと言った祈に対して、母親は予想外のことを言い出した。

祖父宅は都内のギリギリ二十三区に入る、昔ながらの住宅街の中にあった。祖母はずっと以前に亡くなっていて、祖父はそこで一人暮らしをしていたのだが、その家を祈に譲ると遺言に記してあったというのだ。

祈の両親は、十年以上前に離婚していて、亡くなったのは父方の祖父だ。祈は母親に引き取られたから、祖父とは両親が離婚したときから会っていない。それなのに、わざわざ遺言書まで作って、祈に譲ろうとしたのは、きっとあのことがあるからだろう。

駅から徒歩十五分、祈は十数年ぶりに祖父宅の前に立った。子供のときのおぼろげな記憶しかなかったが、こうして目にすると、懐かしさが一気に込み上げてくる。

両親が離婚するまでは、毎年、訪れていたのだ。けれど、円満な離婚ではなかったため、父親に繋《つな》がるものに関わるのは、母親の手前、子供ながらに気が引けた。それで、結局、二十一歳になるこの歳まで会えず仕舞いになり、生涯、会えなくなってしまった。

祈は思わず涙ぐむ。そうすると、くるんとした目が可愛《かわい》らしいと称される顔が、ますます幼さを醸し出す。百六十五センチと小柄なのもあって、高校生と言っても通じるくらいだ。

このまま立ち尽くしていては、近所の人の目に触れてしまう。さすがにこの歳になって、泣きそうな顔は見られたくない。祈は渡された鍵《かぎ》を使って、玄関の引き戸を開けた。

一人暮らしの祖父が亡くなったのだから、今は誰も住んでいない。それがわかっていながら、祈は中に入ってすぐ、耳を澄ませ、視線を巡らした。

きっといるはず……。そう信じていたから、帰国後、早々に駆けつけてきたのだ。

祈が廊下を歩き進むと、急に気配を感じた。

「やっと来たか」

どこからと疑問に思うくらいに一瞬で、男が祈の前に立ち塞《ふさ》がった。

歳は三十代前半といったところだろうか。昔ながらの日本家屋では、頭が鴨居《かもい》に届きそうなほどに長身だ。ジーンズに淡い水色のシャツだけの姿だから、体格もいいことは見て取れた。目鼻立ちがはっきりしている上に、口元には無精《ぶしょう》髭《ひげ》まであって、日本人離れした雰囲気を醸し出している。祈には全く見覚えがなかった。

「誰？」

訝《いぶか》しげな視線を送りつつ、祈は問いかける。

「わからないか？」

男は無造作に伸びた黒髪が目を覆い隠すのをうっとうしそうに手で払いながら、問い返してくる。

明らかに祈のことを以前から知っているような態度だ。

「お前にはさっちゃんって呼ばれてたっけな」

男の口からあり得ない言葉が出てきた。

「嘘《うそ》だよ。そんなはずない」

大事にしていた思い出を汚された気がして、祈は声を荒げて否定した。

「どうして、俺がお前に嘘を吐《つ》かなきゃいけない？」

男は全く気にしたふうもなく、冷静さを崩さなかった。

「だって、さっちゃんはかわいい女の子だったのに」

祈は鮮明に残る記憶を頭の中に呼び起こす。

子供の頃、祖父の家には女の子がいた。咲楽《さくら》という名前だから、さっちゃんと呼んでいた。祈と同い年くらいで、いつも一緒に遊んでいたから、忘れるはずがなかった。

「それはお前のじいさんに頼まれて、少女の姿になってただけだ」

「妖怪って、見た目を変えられるの？」

「妖怪による」

祈も男も妖怪がいることを前提として、話を進めている。そこに疑問を挟む余地はない。祈には妖怪が見えるのだ。このことは同じ力を持っていた祖父だけしか知らない。

祈が初めて妖怪を見たのが、この祖父宅だった。そのことに気づいた祖父が、絶対に他言しないよう、子供の祈に言い聞かせた。

その頃は、どうして両親にも話してはいけないのかわからなかったが、今では理解できる。言ったところで信じてもらえず、最悪の場合、虚言癖があると疑われてしまいかねない。祖父はそれを心配してくれたのだ。

その祖父から、さっちゃんは座敷童《ざしきわらし》だと教えられていたし、何より、座敷童は子供の妖怪のはずだ。祈は信じられずに、大人にしか見えない男をしげしげと眺めた。

「こんなところで立ち話もなんだから、まあ、座れよ」

男は廊下から居間に繋がる襖《ふすま》を開け、祈を中へと導いた。

「俺のうちになったはずなんだけど……」

男の口ぶりでは、まるで祈が来客であるかのようだ。祈は小声で呟きながらも、言われるまま居間に入った。

外観もそうだが、中も昔と何も変わっていなかった。桜の木がある庭に面した縁側。それに沿った部屋が居間と仏間兼祖父の部屋だった。

「ちょっと待って」

祈は男に断りを入れてから、まず仏壇に手を合わせた。父親が仏壇を引き取ると言ったのだが、自分がちゃんと世話をするからと、祈が止めたのだ。

既にこの世にはいない祖父に向けて、祈は心の中で詫《わ》びた。ずっと顔を出せずにいたこと、最後にも間に合わなかったことをだ。

室内には長い沈黙が訪れる。祈が仏壇の前に座っている間は、男も話しかけては来なかった。

「ごめん、ありがとう」

祈は振り返ると、放っておいた男に詫びと礼の言葉を口にした。久しぶりの祖父との対面を邪魔しないでいてくれたことが嬉《うれ》しかった。

「なんか、すごい静かだよね」

「そりゃ、俺たちが喋《しゃべ》らなきゃ、静かだろ」

「そうじゃなくて、他の妖怪は？」

祈はそう言って、辺りを見回す。家に着いた時から今まで、妖怪は座敷童だというこの男しか目にしていない。

祖父が生きていた頃は、この家にはたくさんの妖怪がいた。祖父を慕って住み着いていたのだ。祈が祖父宅を訪ねていた一番の目的は、そんな妖怪たちと遊ぶことだった。

「他の奴らはみんな、じいさんについていった」

男はほんの僅《わず》か、遠い目をして答えた。

「ついていったって、一緒に死んだってこと？」

「妖怪だから、死ぬっていうよりは、浄化だな」

「どうして？」

「あいつらはじいさんに憑りついてた妖怪たちだ。他の人間に乗り換えることもできたが、よほど、じいさんのそばがよかったんだろうな」

そう語った男は、懐かしそうに遠い目をして見せる。

愛くるしい少女だったさっちゃんの面影など、どこにもない。それなのに、祖父や他の妖怪たちのことをこんなに懐かしそうに語られると、祈も信じざるを得なくなってきた。

「座敷童は？」

座敷童の態度から、今も祖父を慕っていることは、充分に感じられた。それなのに、何故《なぜ》、一人だけで残っていたのか。祈は疑問に思う。

「俺は人じゃなく、家につく妖怪なんだよ。座敷童だからな」

「そっか」

説明を聞けば納得できたものの、寂しい気持ちは拭《ぬぐ》えなかった。この座敷童が、昔、一緒に遊んだ座敷童なら、祈を待っていたと言ってくれるのではないかと、少し期待していたせいだ。

「ってことは、この家ができたときから、ここにいるんだ？」

「ああ、そうだ」

座敷童は当然だと頷《うなず》く。

少し手を入れてはいるものの、この家は祖父が子供の頃に、曽祖父《そうそふ》が建てたものだと聞いている。だから、七十年近くは経《た》っていることになる。

「座敷童って、いくつなの？」

「数えたことはない。生きてる年数を気にするのは、人間くらいのもんだ」

何百年も生きる妖怪もいると聞いたことがある。そう考えれば、年齢など、妖怪にとっては無意味なのだろう。

「妖怪は見てわかるような歳の取り方をしないよね？」

「そうだな」

「だったら、なんで、昔は子供だったのに、今はそんなおじさんになってるの？」

目の前にいるのが、座敷童だと認めるしかなくても、やはりその外見は気にかかる。

「座敷童は子供の妖怪のはずじゃない？」

「冷静に考えろ。俺たち妖怪は自分から名乗ってるわけじゃない。座敷童なんて名前をつけたのは人間だ。そのときに見た姿をイメージして言ってるだけだろ」

座敷童が憮然《ぶぜん》として答える。

「そりゃ、そうだけど……」

「見た目なんて、ただの器だ。俺はどんな形でも作れるが、この格好でいるのが何かと便利で、もう何年もこのままでいる」

「便利って、どうして？」

「子供だとできることが限られる。一人で歩いてると、迷子だと思われかねないから、じいさんの代わりに買い物にも行けない」

「買い物って、他の人にも見えるの？」

祈は驚きの声を上げる。

「見えるようにしてるんだよ。じいさんがそうしろって言ったんでな」

「じいちゃんが？」

妖怪を人目に晒《さら》すことに、どんな意味があるのか。理由がわからなくて、祈は首を傾《かし》げる。

「きっかけはじいさんが骨折したことだ。一人暮らしでそれは不自由だろうと、近所の連中が頻繁に顔を出すようになってな。そうすると、妖怪たちが自由にできなくなる。それで、一人暮らしじゃないと思わせるために、親戚《しんせき》の俺が同居してるってことにしたんだ」

「葬式ではばれなかったの？」

「葬式っていっても、ごく身内だけの家族葬だからな。近所の連中は来ないし、俺は姿を消してた」

祖父の死は突然だった。外出中に脳梗塞《のうこうそく》で倒れ、救急車で病院に運ばれた後は、亡くなるまで自宅に帰ることはなかった。妖怪たちは祖父の死に目に会えなかったのだ。

「お前、ここに住むのか？」

座敷童が祈の手にしたスポーツバッグを見咎《みとが》め、尋ねてくる。

「そのつもりだけど？」

何か問題でもと、祈は問いかける。大学には少し遠くなるものの、充分に通える距離だ。そのつもりで、もう前のアパートは解約手続きを済ませてきた。家電や家具はそのまま使えるから、祈は手に持てるだけの服をバッグに詰め、残りは宅配便で明日、届くようにした。

「座敷童はどうするの？　このまま親戚ってことで通す？」

「見えるようにしてたのは、じいさんの希望だからな。見えなくしていいなら、そうする」

座敷童にとっては、人間から見えるか見えないかは、大した問題ではないのだろう。祈に選択をゆだねてきた。

「見えないだけで、ここにはいるんだよね？」

「この家がある限りはな」

考えるまでもないことだと、座敷童は即答する。

「だったら、見えててください」

祈は素直に頭を下げて頼んだ。

「じゃないと、俺が独り言を言ってるように見える」

仮に、座敷童が他の人間には見えなくなったとしても、祈には見える。だから、当たり前のようにいるものとして生活するし、会話もする。密閉性の高い今の住宅とは違い、昔ながらのこの家では、前の通りまで声が届いてしまうことは十分に考えられるし、そのときにたまたま誰かが通りかかれば、おかしな人が住んでいると思われかねない。

「わかった。じゃ、このままってことで」

これまでの暮らしに不便はなかったのか、座敷童はあっさりと願いを聞き入れてくれた。

「近所に聞かれたら、親戚ってことにしておくとして、なんて呼べばいい？　さすがにその外見を見ながら、さっちゃんとは呼びたくないし……」

「だったら、じいさんと同じように呼べばいい」

「どう見たって、そっちが年上なんだから、呼び捨てにしてるとおかしいよ」

子供の頃、祖父は座敷童のことを『咲楽』と呼んでいた。外見だけなら、一回りは年下に見える祈がそう呼ぶのは、周りにどんな関係だと不信を抱かれかねない。

「咲楽さんでいいかな？」

「好きにすればいい」

「そうする」

こんな短いやり取りだけで、祈にとっては念願だった、妖怪との同居生活が始まった。


新しい年になり、冬期休暇も終わって、祈は久しぶりに大学に顔を出した。

「ってことは、一軒家に一人暮らしをしてんだ？」

同じゼミの立花浩輔《たちばなこうすけ》が興味津津と言ったふうに、確認してきた。

引っ越したことは、メールで知らせてあったが、浩輔が実家に帰省中だったため、詳しいことを話すのは、今日が初めてだった。

とはいっても、祖父から一軒家を譲られたということだけしか話せてはいない。さすがに、妖怪付だとは言ったところで信じてもらえないだろう。

「最初はそのつもりだったんだけど、結局、従兄《いとこ》と一緒に住むことにしたんだ」

「ルームシェア？」

「そんな感じかな」

祈は曖昧《あいまい》な返事で濁した。

従兄設定は、咲楽と相談して決めたことだ。世話好きの人間が多い地域で、絶対にどんな関係なのか尋ねてくるだろうと、咲楽に言われ、決めておくことにしたのだ。

「仲は良かったのか？」

「子供の頃はね。会うのは十年ぶりくらいだったけど」

「気まずくない？」

「意外と平気」

強がりでも無理をしているわけでもないから、祈の顔には自然と笑みが浮かぶ。

「俺なら無理だなぁ」

浩輔は顔を顰《しか》めて言った。実家を出て、気楽な一人暮らしを満喫している浩輔には、歳の離れた親戚との二人暮らしなど想像もできないようだ。

親戚は嘘だとしても、咲楽との生活に不満を感じていないのは事実だ。二人の生活が始まって、既に一週間が過ぎているが、咲楽がいるおかげで寂しさはなく、かといって、無駄に話しかけてきたりもしないから、驚くほどに穏やかに日々が過ぎていた。

「まあ、お前がいいならいいんだけどさ」

そう言いながらも、浩輔は納得できない顔のままだ。

「バイトはどうすんだ？」

「家の近くで探すよ。前のとこは、ちょうど旅行前に辞めてたし」

大学生活も残すところ、一年と少し、授業は少なくなっているし、大学に通うよりも就職活動やアルバイトの時間が多くなってくるだろう。そうなると、自宅近くでアルバイト先を探したほうが何かと便利だ。

「そっか。まあ、落ち着いたら遊びに行くわ」

何の気なしに言っただけの浩輔の台詞《せりふ》に、祈は一瞬、ドキリとさせられたが、咲楽は人間にしか見えないのだから、問題はないだろう。

「片付いたら、招待するね」

祈は笑顔で応じた。

もう何年もの間、咲楽は誰にも妖怪だと疑われることなく暮らしてきた。誰が来ようと、きっと咲楽は如才なく対応するに違いない。祈ですら、咲楽が妖怪だということを忘れそうになるくらい、人間らしい。というより、おっさんくさいと言ったほうが正しいだろう。

「何を思い出した？　今、笑ってたぞ」

祈の口元に笑みが浮かんでいたことに、浩輔が気付いた。

「三十五歳って、そんなにおじさんなのかなって。すっごくおっさんぽいんだけど」

「従兄は三十五歳なんだ？　ずいぶんと歳が離れてんだな」

浩輔に驚いたように尋ねられ、祈は用意していた答えを口にする。

「俺は従兄の中で一番、年下なんだ。じいちゃん、四人兄弟の末っ子だったから」

「なるほどね」

浩輔はあっさりと納得すると、

「まあ、でも、おっさんになるかどうかは、人によるだろ。どんな感じなんだ？」

改めて、咲楽について尋ねてきた。

「毎晩、日本酒で晩酌してるし、競馬中継を真剣に見てるし」

祈は一緒に暮らし始めて知った咲楽の日常を思い出して答えた。

最初に驚いたのは、当たり前のように食事をすることだった。子供の頃は、遊ぶときだけ一緒にいたから知らなかった。妖怪の中でも咲楽だけなのかどうかはわからないが、祈と全く同じものを食べるのだ。それどころか、好んで日本酒まで飲み、つまみにはあたりめがいいと言い出したときには、言葉が出ないくらい驚かされた。

「それくらい、おっさんじゃなくてもするだろ。おっさんくさいかどうかは、仕種《しぐさ》とか言葉とか、そういうんじゃないのか？」

「ああ、そうかも」

祈は咲楽の姿を思い出す。確かに、言われてみると、日本酒を飲んだ後に、満足げに息を吐くところなど、若さは感じられない。

「ねえ、美味《おい》しい日本酒を知らない？」

浩輔のアルバイト先は居酒屋だ。日本酒もメニューにあるから、全くアルコールが駄目な祈よりは、遥《はる》かに知識があるはずだと尋ねた。

「従兄にプレゼント？」

「うん。いつも、ご飯を作ってもらってるから」

祈は正直に答えた。祖父が生きていたときから、食事の支度は咲楽の仕事だったらしい。その腕前は確かで、何を食べても美味しかった。

「その従兄、仕事はしてないのか？」

「なんかよくわかんないけど、家でしてる。料理は息抜きなんだって」

すらすらと答えられたのは、咲楽がここまで答えを用意してくれていたからだ。詮索《せんさく》好きの人間はどこにでもいる。そういうときのために、祈自身がよくわかっていないのだということにすればいいのだと、咲楽が考えた。

「なるほどね。じゃ、いくつか、うちで人気のある酒を教えてやるよ」

浩輔はそう言って、鞄《かばん》からノートを乗り出すと、三つの名前を書きだし、そのページを切り取り、祈に差し出した。

「この辺りなら、日本酒好きには喜ばれると思う」

「ありがとう。探してみる」

祈は礼を言って、そのメモを大事に財布にしまった。これなら、買い物をするときまで、なくす心配がない。

「でも、よかったよ。上手《うま》くやっていけてるだけじゃなく、食事の世話までしてもらってるなら、俺も安心だ」

「俺、浩輔に心配されるようなことした？」

「してるだろ。お前、たまに飯食うのを忘れたりするじゃん」

「しょっちゅうじゃないよ」

「でも、たまにあるだろ」

浩輔の言葉は事実なだけに、祈は苦笑いするしかない。小食なのと、あまり食に興味がないこともあって、他に夢中になっていることがあると、つい食事を後回しにして、結果、そのまま食べるのを忘れてしまうことがある。言われてみれば、咲楽と一緒に暮らすようになってからは、一食以上の食事を抜いたことはなかった。

「そのせいかな。休み前よりも、なんだか元気そうに見える」

「だったら、なおさら、お礼を買っていかないとね」

祈の頭には、既に祈の買った日本酒を美味しそうに飲んでいる咲楽の姿が浮かんでいた。


「ただいま」

中に向かって声をかけながら、祈は廊下を進んでいく。

咲楽はすぐに見つかった。縁側に差し掛かったところで、庭の手入れをしている咲楽の姿があった。

祖父が生きていた頃は、他の妖怪たちも手伝って、皆で手入れしていたのだと、同居を始めてすぐに教えられた。

「俺も手伝う」

祈はその場から申し出ると、声に反応して咲楽が振り返る。

「暇なら、そこで座って見てろ。また大事な枝を切られたくない」

嫌な顔で答えられると、祈は縁側で足を止めるしかない。咲楽の指摘は事実だったからだ。

先日、咲楽を真似《まね》て、植木挟みを手に、ツツジの木に取り組んだのだが、早々にストップをかけられた。咲楽が言うには、相当にバランスの悪い枝の切り方をしたらしい。

「お前が手伝っていいのは、水遣りだけだ」

「それって、子供みたいじゃない？」

不器用さを馬鹿《ばか》にされたようで、祈は唇を尖《とが》らせて反論した。

咲楽が何か言い返すかと構えていたのだが、予想に反して、ふっと口元を緩めているだけだ。

「何？」

「いや、じいさんと同じだと思ってな」

そう言いながら、咲楽が祈に近づいてくる。どうやら、手入れは終わったらしい。そして、そのまま縁側にいる祈のそばで腰を下ろした。祈もつられて、その隣に坐《すわ》る。

「ねえ、じいちゃんと同じって何が？」

並んで座り、手入れの済んだばかりの庭を眺めながら、祈は尋ねた。

「お前のじいさんも相当な不器用だった。元々、この庭はばあさんが丹精込めて手入れしてたんだが、ばあさんが亡くなった後、見よう見真似で手を出したじいさんのせいで、崩壊寸前になったことがある」

よほどおかしかったのか、当時のことを思い出して、咲楽が噴き出した。

「それで、咲楽さんが担当することになったんだ」

「見かねてな」

咲楽は仕方ないというふうを装っているが、家に憑りつく妖怪だけに、庭も大切にしたかったのだろう。

「不器用なところは、じいさんにそっくりだ」

「そうかも。隔世遺伝だね」

祖父に似ていると言われたのが嬉しくて、自然と顔が綻《ほころ》ぶ。

祈の父親は、子供の頃の記憶でしかないが、確か、器用な人だった。両親の離婚以来、ずっと会っておらず、祖父の遺言のことも、母親経由で聞いたくらいで、記憶も曖昧だ。それでも、なんでも如才なくこなす人だった印象がある。どこかの省庁に勤める官僚だからという、思い込みもあるのかもしれない。それに父親は大柄で厳《いか》めしい顔つきだった。父親とは容姿ですら、似ているところは見当たらないのだ。

「そういえば、咲楽さんはずっとこの家にいたんだから、父さんのことも知ってるんだよね？」

「そりゃあな」

「どんな人だった？」

祈はふと思いついて尋ねてみた。父親のことを知りたい気持ちはあったのだが、母親には聞いてはいけない気がして、一度も聞いたことがなかったのだ。

「俺が知ってるのはガキのときだけだぞ。あいつは高校を卒業してすぐ、この家を出ていったからな」

「でも、ときどきは帰ってきてたでしょ？」

「いや……」

咲楽は記憶を辿《たど》るように目を細め、首を横に振った。

「次にあいつが帰ってきたのは、お前を連れてだった」

あまりにも意外すぎる答えに、祈は驚きで言葉をなくす。両親が結婚したのは、父親が三十歳のときだったと聞いている。つまり十二年間も、実家に顔を出さなかったということだ。

「じいちゃんたちと仲が悪かったの？」

「そうじゃなくて、あいつが一方的にじいさんを避けてたんだ」

「どうして？」

祈にとっては優しくて面白《おもしろ》い祖父だった。避ける理由が思い当らず、祈は首を傾げる。

「多分、俺たちが原因だろう」

「どういうこと？　父さんは見えてないはずじゃ……」

生前の祖父から、自分以外に見える人間に会ったのは、祈が初めてだと言われていた。だから、見えない父親が咲楽たちの存在に気付くはずがないのだ。

「見えないからこそ、見えるじいさんが薄気味悪かったんだ」

そう答えた咲楽の顔には、苦笑いが浮かんでいた。

妖怪にも喜怒哀楽の表情はある。昔、一緒に遊んだ妖怪たちは、人型ではなくても、みんな、表情豊かだった。それに比べると、座敷童はあまり感情を表に出さないほうだが、それでも、今は後悔しているらしいことは感じ取れた。自分たちのせいで、大好きだった祖父の親子関係を破綻《はたん》させたと、申し訳なく思っているのだろうか。

「ばあさんは見えないながらも、見えてるじいさんを受け入れてた。だが、ガキに同じことを求めるのは無理だからな」

「もしかして、俺が見えてることがわかったから、離婚することになったのかな」

「それは違う」

祈の不安を咲楽が即座に否定する。

「あいつは元々、家庭をもてるようなタイプの男じゃなかった。ただ結婚していたほうが社会的な信用が得やすいと思って、打算でしただけだろうな。それはお前の母親も同じだ」

「そうなの？」

問い返しながら、祈はつい最近も顔を合わせたばかりの母親の姿を思い出す。

母親は父親についても、離婚の理由についても、祈には一切、話してくれなかった。さすがにもう十数年も経っているから、当時ほど、険悪な空気は醸し出さないものの、祖父の遺言について、父親からの伝言だと祈に伝えてくれたとき、一切の笑みはなかった。

「エリート官僚だからな。結婚相手としては申し分ないだろ。誤算だったのは、全く結婚に向かない男だったってことだな」

ずっとこの家に住み着き、見てきた咲楽の言葉だ。生まれてから数年の間だけしか見てきていない祈よりも確かだろう。咲楽ならもっと詳しい話も知っていそうだが、今の話だけでも、何も知らなかった祈には刺激が強すぎた。

父親には愛されていなかったかもしれないとは、薄々、感じていた。離婚以来、一度も会いに来てくれなかったのだ。けれど、母親からは充分に愛情を注いでもらったし、祖父にも大事にしてもらった思い出がある。だから、今更、父親を責めるつもりもないし、このことで両親を嫌いになることもないだろう。

だが、咲楽はそうは思わなかったらしい。

「離婚の原因はお前じゃない。それは確かだ」

咲楽が念を押すように言ったのは、祈が沈黙していたのを誤解したからだろう。祈はただ父親のおぼろげな記憶を辿っていただけなのだが、咲楽は祈が落ち込んでいるとでも思ったようだ。

「慰めてくれるんだ？」

咲楽の気遣いが嬉しくて、祈の口元はつい緩んでしまう。

「俺は事実を言っているだけだ」

咲楽は素っ気なく答え、鼻でフンと笑う。

「それでもいいや。ありがとう」

祈が感謝の言葉を口にすると、咲楽は呆《あき》れたように肩を竦《すく》めた。

「お礼ついでに、はい、これ」

祈は手にしていた包みを差し出した。

「なんだ？」

咲楽はその場で包みを開け始める。

「東洋美人じゃないか。飲めないお前が、よくこんな酒を知ってたな」

咲楽が嬉しそうな笑顔で酒瓶のラベルを眺める。

「居酒屋でバイトしてる友達に教えてもらった。店で人気のあるお酒だって」

「確かに、これは美味《うま》い酒だ」

咲楽は満足げに頷くと、

「今日はこれで晩酌だ。こいつに合うつまみを作らないとな」

早速とばかりに立ち上がり、台所に向かって歩き出す。

やはり浩輔に聞いて正解だった。アルバイトを探し中の祈には、決して安い買い物ではなかったが、咲楽がこんなに喜んでくれたのだ。

一緒に住み始めて二週間、咲楽との生活は思っていた以上に順調だった。

2

その男は突然、やってきた。

日曜の午後、まだアルバイトが見つからず、自宅で過ごしていた祈は、音が鳴るだけの古臭いインターホンの呼びかけに応《こた》えるため、玄関に向かった。

祈と咲楽だけの暮らしに、来客などほとんどない。あるとしたら、郵便か宅配便だが、それすらもめったになかった。

祈が玄関の引き戸を開けると、どう見ても配達人には見えない、和服の男が立っていた。

「どちらさまですか？」

おそらく祖父の知り合いだろうと予想をつけつつ、祈は尋ねた。

「この近くの神社で神主をしております、三俣太心《みつまたたしん》と申します」

三俣と名乗った男は、深々と頭を下げる。白髪の混じった髪からすると、五十前後といったところだろうか。基本の顔が笑顔ではないかというくらいに、人の良さが滲み出た顔だちをしている。穏やかな話し方も、その印象を強めていた。

「亘保《のりやす》さんのご焼香させていただきたくまいりました」

亘保は祖父の名だ。すぐにその名が出てくるのだから、親しい間柄であったのは間違いなさそうだ。

それに何より、三俣の後ろにいる存在が、祖父との関わりを祈に確信させた。

「わざわざありがとうございます。どうぞ、中に入ってください」

祈は脇《わき》によけて、三俣と後ろにいた妖怪が通り過ぎるのを待って、家の中へと案内しようとした。

そんな祈を見て、三俣が足を止める。

「やはり、あなたも見えてるんですね？」

三俣が確信を持ったように問いかけてきた。

「もってことは、三俣さんもですか？」

問い返す祈に、三俣は寂しそうに首を横に振った。

「私は見えませんが、亘保さんがそうでしたから」

まさか、祖父が他人に秘密を打ち明けていると思わなかった。祈にはおかしな奴だと思われるから、誰にも話すなと言っていたのだ。

「そんなとこで立ち話してないで、上がってこいよ」

玄関先での立ち話に痺《しび》れを切らせたのか、奥から咲楽が顔を出す。祈が応対に出たのは知っていたし、話し声も聞こえていたのだろう。

咲楽は妖怪を連れた三俣を見ても、驚いた様子はない。どうやら、咲楽は三俣とも、後ろにいる妖怪とも顔見知りのようだ。

「それでは、お邪魔します」

咲楽の先導で三俣が仏間へと進んでいく。狭い廊下だから、並んでは歩けない。縦に一列の行進で、最後尾の祈の前は、三俣が連れている妖怪だった。

妖怪は咲楽と同じで人型をしていて、今のままでは、どんな妖怪かはわからない。ただ発する気が妖怪だと祈に教えてくれるだけだ。

仏間に入ると、三俣はまっすぐ仏壇に進みより、手を合わせる。その慣れた様子に、祖父と親しかっただけでなく、この家にも度々、訪れていたのだろうことが推測できた。

三俣に付き添っている妖怪は、その間、ずっとそばに立って、三俣を見守っていた。まるでボディーガードのようだ。

「ありがとうございました」

線香を上げた三俣が振り返り、祈に礼を言う。

「いえ、こちらこそ、ありがとうございました。祖父も来ていただいて、喜んでいると思います」

祈は三俣と妖怪、両方に向けて言った。祖父は賑《にぎ》やかなのが好きだったから、今の状況はきっと嬉しいはずだ。

「茶が入ったぞ」

居間から咲楽が呼びかけてくる。人間のような行動も、今更、祈は驚かない。何せ、咲楽は生活に必要な家事は全て完璧《かんぺき》にできる妖怪なのだ。祈など足元にも及ばない腕前だ。

咲楽が座卓に用意した湯吞《ゆの》は三つ。姿を見せない妖怪には必要ないということらしい。二つ並んだ湯吞の前には、祈と咲楽が座り、その向かいに三俣が腰を下ろす。もちろん、ここでも妖怪は三俣の隣に座っている。

「ああ、そうだ。うちの子の紹介がまだでしたね。九尾の狐《きつね》です」

三俣がまた祈の視線に気付いた。つい気になって、祈は三俣の隣ばかりを見てしまっていた。

狐と紹介されたが、どこにも狐の面影はない。完全に人間の男だ。年齢は、祈と咲楽の間くらいといったところだろうか。

「稲荷《いなり》神社だからな。狐がいてもおかしくない」

三俣の言葉を咲楽が補足する。

「本当の姿は狐っぽくなるの？　それも今のまま？」

祈は狐と呼ばれた妖怪に向かって問いかける。咲楽は最初に会ったときも、少女だったとはいえ、人間だったから、別の姿になることが想像できなかった。

「あなたにはどう見えていますか？　私は気配を感じるだけで、姿は見えないもので……。九尾の狐だというのも、亘保さんに教えてもらって、初めてわかったくらいです」

その説明だと、祖父の前では狐の姿を見せたことがあったということになる。狐の妖怪であること

は間違いなさそうだ。

祈はしばし狐を見つめてから、

「正直に言っていいですか？」

狐がどう見えるのかを知りたがる三俣に確認した。

「ええ、お願いします」

「新宿のナンバーワンホストみたいです」

祈の返事があまりに予想外だったのか、三俣は驚いたように目を見開き、隣では咲楽が堪え切れないといったふうに噴き出した。

最初に見たとき、妖怪であることよりも、その派手《はで》な外見に祈は目を奪われた。金髪に近い茶髪は肩を越して背中にかかるほどに長く、整った派手な顔立ちを際立たせている。人型をするにしても、何故、この外見でなければならないのか、祈には理解できなかった。普通の人間には見ることができないのだから、もっと地味な人間の姿であってもいいはずだ。

「お前、喩《たと》えが上手いな」

余程、ツボに入ったのか、咲楽が笑いながら、祈を褒める。

「そうですか。以前、亘保さんにも尋ねたのですが、そのときは若い女性に好かれそうな色男だと言われました。今も変わってないということですね」

三俣は穏やかな笑みを浮かべて、満足そうに頷いている。見えないことに不満も不便さも感じていないようだ。

「見えるといいのに……」

祈は狐を見ながら呟《つぶや》く。

咲楽のように、妖怪によっては、人の目に触れる形になることも可能らしいから、ここまで人型をとれる狐なら、できるのではないかと思った。

「狐は見えるようにはできないの？」

「する必要はない」

祈の問いかけに、狐がムッとした顔でぶっきらぼうに答える。初めて聞いた声までも、人気声優のような美声だ。

「今、なんと答えたんですか？」

見えない三俣には、狐の声も聞こえない。明らかに、狐と会話している様子の祈に、その内容を尋ねてきた。

「見えるようにする必要はない……」

「通訳するな」

狐が険しい顔で、祈を遮る。どうやら、三俣には話の内容を知られたくないらしい。それなら、ついてこなければいいのに、どうにも狐の行動は祈には理解しがたかった。

「どうかしましたか？」

「怒られました」

祈が神妙な顔で答えると、三俣は苦笑いを浮かべる。

「それは申し訳ありません。どうもこの子は気難しいようで……」

「見えないのにわかるんですか？」

「気配でわかります」

三俣の返事に躊躇《ためら》いはない。見える祈からすれば、見えないのにわかる三俣の力のほうが凄《すご》いように思えた。

「見えるからいいってもんでもないしな」

不意に隣から咲楽が口を挟んできた。

「見えたばかりに、仮の少女姿に幻想を抱いて、初恋が妖怪になったりすることもある」

「なんで、それ……」

咲楽は誰のことだとは言わなかったのに、焦った祈はつい口を滑らせた。

「お前の態度でバレバレだっての」

咲楽はにやりと笑って答えた。

確かに、咲楽の言うとおり、祈の初恋はさっちゃんだった。可愛くてやさしくて、さっちゃんに会いたくて、両親がついてきてくれないときにでも、一人で祖父の家を訪ねていたくらいだ。

「俺の初恋を返してよ」

気恥ずかしさから自棄《やけ》になって抗議すると、咲楽に鼻で笑い飛ばされる。二人のそんなやりとりを、三俣は微笑《ほほえ》ましげに見つめていたが、やがて、

「ところで、君も見えるということは、おじいさんの仕事を引き継ぐんでしょうか？」

全く意味不明な質問を投げかけてきた。

「引き継ぐ？」

三俣が何を言いたいのか理解できず、祈は首を傾げる。祖父は区役所を定年まで勤め上げた公務員だ。その後は、退職金と年金で悠々自適の生活だったと聞かされていた。だから、引き継ぐことなど、何もないはずだ。

「ご存じありませんでしたか？」

そう言ってから、三俣は咲楽に視線を移す。

「その話はしてない」

咲楽が三俣の視線の意味を理解して答える。

「その話って、何？」

祈が咲楽に問いかけると、咲楽は一つ溜《た》め息《いき》を吐いた。答えることに躊躇いがあるのか、少し時間を取るためのように思える。

「じいさんは妖怪退治をしてたんだよ」

咲楽が仕方ないとばかりに口にした言葉は、祈にはあまりにも予想外すぎた。どう反応していいのかわからず、無言で咲楽を見つめるしかできない。

「それで謝礼も受け取ってた」

「なんで？　じいちゃんは妖怪とは仲良くしてたのに……」

祈にとって、妖怪は面白い友達だった。もちろん、祖父も妖怪とは親しくしていた。それなのに、どうして退治などするのか。祈には信じられなかった。

「うまく共存できてるケースが稀《まれ》なんだ。妖怪からすれば、人間は邪魔でしかないことが多い。人間だって善人ばかりじゃないだろう？」

「悪い妖怪もいるってこと？」

「むしろ、人間にとっちゃ、悪い妖怪のほうが多いんだがな」

祈の無知を咲楽が鼻で笑う。

「その悪い妖怪たちが人間を攻撃してくるの？」

「攻撃とまではいかなくても、人間には具合の悪いことを引き起こしたりする」

この場にいて、唯一、妖怪退治を理解できない祈に、咲楽は説明を続ける。その間、三俣も狐も黙ったままだ。

「もっとも、見えない人間には、それが妖怪の仕業だなんてわからない。何かわからない怪奇現象が起きたと、おっさんのところに相談が行くんだ」

そうだろうと咲楽が三俣に話を向けると、三俣は続きを引き受けた。

「ですが、私には妖怪の姿が見えませんし、退治する力もありません。それで、毎回、亘保さんにお願いしていたというわけです」

三俣は神主だ。怪奇現象なら神様に縋《すが》るしかないとでもいうのだろう。三俣によると、祖父が手にしていた謝礼は、神社への寄進という形で受け取ったものらしい。

「じいちゃんがそんなことをしてたんだ」

知らなかった祖父の一面を教えられ、祈は感慨深げに呟く。妖怪と親しくしていた祖父なら、退治することに抵抗があったはずだ。それでも、結局、それを仕事として請け負っていたのは、そうせざるを得ない状況だったからに違いない。

「それで、どうする？」

最初は咲楽の質問の意味がわからなかった。けれど、今までの話の流れで気付いた。

「俺には無理だよ。だって、妖怪を退治するんでしょ？　力だって強くないし、喧嘩《けんか》もしたことないし、それに退治する方法だって知らないんだから」

祈は懸命にできない理由を挙げていく。もちろん、言ったことに嘘はないのだが、それ以上に、妖怪を退治したくないという気持ちが強かった。

「方法なら、俺が知ってる」

咲楽が何でもないことのように言い出した。

「でも、俺ができるかどうかは……」

「見える人間なら、誰でもできる。自分で書いたお札を妖怪に貼《は》り付けるだけだからだ」

「嘘？　そんなに簡単なの？」

祈は驚きを隠せなかった。

「見えてるお前にはな」

「ちなみに、私の書いたお札では効果がありませんでした。一度、試してもらったんですよ。私でも何か手伝えることはないかと思って」

三俣では妖怪が見えないから、貼り付けることはできない。だから、せめてお札を書くくらいはと、試してみたのだが、両方とも、見える力を持った者が行わないと効果がないことを立証できただけだったらしい。

二人がかりで説明されても、祈はまだ半信半疑だった。祖父が妖怪を退治していたこともそうだし、そんな簡単な方法で退治できることも、俄《にわ》かには信じがたい。

「疑うなら、一度、実践してみたらいいだろ」

祈の態度に気付いた咲楽が、思いもかけない提案をしてきた。

「そんな都合よく、悪い妖怪なんて現れるわけないよ」

「いや、たぶん、もう現れてるはずだ」

咲楽は妙に自信ありげに言ってから、三俣に視線を向ける。

「やはり、ばれてましたか」

三俣が苦笑して、ここに来た本当の目的を話し始めた。

「亘保さんが亡くなり、妖怪退治はもう引き受けないつもりでいたんですが、表向きは私が怪奇現象を消滅させたことになっていますから、相談は止まりません」

「つまり、またお悩みが持ち込まれたってわけか」

揶揄《やゆ》するような咲楽の言葉に、三俣がそうだと頷く。

「おっさん、葬式にも来てたのに、焼香目的だけで来るはずがないと思ってたんだよ」

それでも、家の中に三俣が入ることに、咲楽が何も言わなかったのは、妖怪退治の話をする、ちょうどいい機会だと考えたからかもしれない。祈はふとそう思った。

「どうでしょう？　やってみてもらえませんか？」

「そんな……、無理ですよ」

祈は慌てて首を横に振る。

「誰でも最初は経験なんてない。やってみなきゃ、無理かどうか、わかんないだろ」

何故か、咲楽が説得するような言葉を投げかけてくる。種族は違うだろうが、同じ妖怪を退治することに躊躇いはないのか。祈はそのことが引っかかっていた。

「怪奇現象に遭われた方は、もう一週間以上も、まともに眠ることもできないでいるそうです」

なかなか首を縦に振らない祈に対して、三俣が情に訴えてくる。

「妖怪がいるのかどうかだけでも、確かめてもらえませんか？」

「そっか。まずはそれを確認しないと」

祈は急に気が楽になった。何が何でも妖怪を退治しなければいけないのなら、腰も重くなるが、まだ怪奇現象が妖怪の仕業と決まったわけではないのだ。

「ありがとうございます。確認すら、私ではできませんから」

三俣はそう言うと、祈の気が変わらないうちにというのか、すぐさま怪奇現象の詳細について語り始めた。

相談を持ち込んだのは、神社近くに住んでいる老夫婦だが、被害に遭っているのは、その孫息子だった。

孫息子が一人暮らしをしている自宅アパートで、夜になると部屋の中に誰かが動いている気配がするのだと言う。だが、当然ながら、孫息子だけしか暮らしていない部屋に、他の人間がいるはずもない。それなのに、足音や衣擦れの音がしたり、突然、水道の蛇口から水が流れ出したりするらしい。その現象は、照明をつけていようといまいと変わらずに続き、孫息子はノイローゼ寸前になっているとのことだった。

「それって、完全に妖怪がいるよね？」

普通の人間なら、幽霊だと言い出すところだが、妖怪の存在が当たり前の祈には、妖怪がそこで暮らしているのだろうとしか思えなかった。

「今は会社を休職して、祖父母宅に避難しているのですが、まだ足音が聞こえると、不眠症は続いているそうです」

「早く引っ越せばよかったのに」

祈は単純な疑問を口にした。持家ならともかく、賃貸のアパートなら、早々に見切りをつけるほうが早かったはずだ。何故、そうしなかったのか。

「会社の借り上げ住宅だったからですよ。幽霊に怖がっていると、会社には思われたくなかったんでしょう」

仕方のないことだと、三俣は同情的だ。

「とりあえず、そのアパートに行ってみるか」

咲楽はもうやる気になっていて、早速とばかりに腰を上げた。

「今から？」

いくら暇だったからといって、あまりにも急な話に、祈は困惑を隠せない。

「下見だろ？　断るにしても、結論は早いほうがいいからな」

もっともな咲楽の言い分に、祈も同意するしかない。もしかしたら、話せばわかる妖怪かもしれないし、それなら退治せずとも、被害者を助けることができる。

「相手次第で、お前だけじゃ、手に負えないときには、狐にも助っ人を頼まなきゃならないし、そのためにも下見は必要だ」

「どうして、私が手伝わなければならないんだ」

急に名前を出された狐が、露骨に不満げな顔をした。その態度から、祖父のときには、狐の手助けはなかったのだと判断できる。

「あれ？　嫌なの？」

咲楽は狐に問いかけているような体裁を取っているが、おそらく、三俣に聞かせるためなのだろう。その結果、三俣はすぐに反応した。

「君は嫌なんですか？」

狐の姿は見えていないはずなのに、三俣の視線は確実に狐の目線の位置を捉《とら》え、まっすぐに見つめて問いかけている。

狐は祈や咲楽に対しては素っ気ない、ぶっきらぼうな態度なのに、見られていない三俣には、同じようには振る舞えないらしい。どう答えようが、三俣には何も聞こえていないのに、今も回答を躊躇っている。

祈が二人に会ってから、まだ三十分と経っていないが、狐が三俣を尊敬し、慕っているのは充分にわかった。だからこそ、こうして守るように付き添っているのだろう。

「手が足りなければ、手伝う」

狐は依頼を持ち込んだ三俣の手前、渋々といった態度ながら、協力を申し出た。

それから、相談者の住所を聞き、部屋の鍵を預かってから、三俣たちを見送った後、祈は咲楽を伴い、問題のアパートに向かった。


自宅を出てからおよそ二時間後、祈たちは現場に到着した。見た目はごく普通の二階建てのアパートだ。だが、外からでも強い妖気を感じた。これなら、見えない三俣でも、妖怪の存在に気付けたに違いない。

「中に入って大丈夫かな？」

部屋の前に立ったものの、祈は不安から、隣にいる咲楽を見上げて尋ねた。

「この程度の妖気なら大丈夫だろ」

咲楽はそう言うと、祈から鍵を奪い取り、さっさとドアを開けてしまう。

咲楽を先頭にして、室内に入ると、すぐに問題の妖怪は見つけられた。というより、堂々とベッドに寝転びくつろいでいた。

見た目は咲楽と同様、人間そのものだ。誰かを見本にした人間がいるのか、一般的な二十代のＯＬといったふうで、身に着けているのも、今風のデニムのロングスカートにロゴの入ったトレーナーだった。

それでも、妖怪であるのは、確かだ。発せられる気が、祈に妖怪だと教えてくれていた。

「お前、二口女《ふたくちおんな》か？」

「だったら何？」

咲楽の質問に、女が挑発的に答える。二口女という妖怪には、祈は会ったことはなかったし、名前を耳にするのも初めてだが、なんとなく本当の姿は想像できた。場所まではわからないが、口が二つあるのだろう。

「お前に苦情が出てる」

咲楽はまるでご近所トラブルを相談された管理会社のような態度で、まずは二口女の出方を見るつもりのようだ。

「妖怪のくせに、人間の手先？」

二口女が馬鹿にしたように笑う。

「だいたい、ここは元々、あたしの住処《すみか》だったのよ。勝手に押しかけてきたのは人間のほう。そこを間違えないで」

妖怪には妖怪なりの理屈がある。おそらく、二口女はこのアパートが建つ遥か昔から、この地に住み着いていたに違いない。二口女からすれば、後から勝手におかしなものを造った人間のほうが悪いということなのだろう。これまで公にならなかっただけで、薄気味悪さを感じて、退去した住人が他にもいたのかもしれない。

「あんたたちも」

二口女はキッと眦《まなじり》を上げ、祈たちを睨《にら》み付ける。

「呼んでないんだから、とっとと帰りなさいよ」

さて、どうするかと、祈は咲楽に視線を向ける。元々、今日は妖怪の仕業なのかどうかを確かめるだけのつもりだった。妖怪の正体までわかったのだし、目的は達成されている。

「ま、今日のところは帰るか」

祈の無言の問いかけに答えるように、咲楽があっさりと引き下がる。

結局、部屋を出るまで、祈は一言も発することができなかった。話す暇がなかったのもあるが、二口女の敵意剝《む》き出しの態度に、何も言えなかったのだ。

祈はこれまで、妖怪から敵意を向けられることはなかった。つっけんどんな態度だった狐でも、敵意は感じられなかった。だから、ただ戸惑っていたのだ。

「さてと、帰って、お札を書くか」

「やっぱり、退治しないと駄目なの？」

「妖怪と好き好んで同居したい奴なんて、お前くらいだ」

「それは、見えないからじゃない？」

正体がわからないからこそ、怖いと思うのではないか。祈はそう思っていた。咲楽たちは人型をとっているが、そうでない妖怪も、子供のころにはたくさん目にしていた。だが、誰を見ても、祈は怖いという感情は湧《わ》いてこなかった。

「妖怪退治をしてれば、お前にもそのうちわかる」

「子供扱いしてない？」

「子供以外のなんだって言うんだ？」

何百年生きているかしれない咲楽に言われると、祈には反論のしようがない。

「お札を書くのに、何か必要なものってあるの？」

咲楽に言い負かされた悔しさを誤魔化すため、祈は話を変えた。足りないものがあれば、帰る道中で買っておく必要がある。

「じいさんが使ってたものが、そのまま残ってる」

「父さんたち、変に思わなかった？」

ほとんどのものはそのまま残しておいてくれているが、相続に必要な書類は探したはずだ。妖怪退治に必要な道具なら、異質で目についたのではないだろうか。

「ただの習字道具だぞ？」

「そうなの？」

「必要なのは、力を持った人間が書くってことだけだからな。ぶっちゃけ、道具なんてどうでもいいんだよ」

「ホントに大丈夫なのかな」

あまりにいい加減な物言いに、祈は不安を覚えずにはいられなかった。

自宅に戻った祈は、早速、咲楽の指導の元、お札の準備に入った。

中学生のとき以来の書道筆を手にして、文庫本より少し大きいくらいに切った半紙に文字を走らせた。そばには咲楽が書いた見本が置かれている。祈はそれを見ながら、忠実に真似ているつもりだった。

「汚い字だな」

咲楽は完全に呆れた口調だ。

「いいじゃん。人に読ませるために書くわけじゃないんだし」

ムッとして答えると、咲楽がふっと口元を緩めた。

「じいさんも同じこと言ってた」

「じいちゃんも字が下手だったの？」

「ああ。庭の手入れといい、本当に不器用さ加減がそっくりだ」

「だったら、字が下手でもいいいんじゃやない」

そう答えてから、また最初の躊躇いが蘇《よみがえ》ってきた。

「これを貼ると、二口女は消えちゃうんだよね？」

祈の脳裏には、数時間前に会ったばかりの二口女の姿が浮かんでいた。

「そのためのお札だからな」

「他の場所に移ってもらうってことはできないのかな」

「できると思うならやってみればいい」

咲楽の口ぶりはまるで他人事のようだ。祈に妖怪退治を勧めたのは咲楽なのに、あまりにも勝手すぎる。

「なんで、そんな冷たい言い方するの？　同じ妖怪でしょ？」

「俺たちに仲間意識なんて求めるな。自分たち以外の異質なものとして、人間が勝手に一纏《ひとまと》めにしてるが、まったく別物なんだから」

「そうなの？」

咲楽の言葉も、祈にはすぐには納得できなかった。祖父の近くにいた妖怪たちは、皆、仲良さそうに見えていたのだ。祈が転んだだけで、慌てて、皆で駆けつけてきてくれたこともあった。そんな思い出話を祈が口にすると、

「それはじいさんがいたからだ。あいつらはじいさんの周りに集まってたに過ぎない。お前のことも、お前に何かあれば、じいさんが悲しむから、気にかけてたんだよ」

一緒にいた咲楽が言うのだから、そのとおりなのだろう。事実、今の祈の周りには、この家に憑りついている咲楽がいるだけだ。

もし、自分に妖怪を惹《ひ》きつける魅力があれば、二口女も浄化させなくても済むはずだ。祈は自らの力のなさに、項垂《うなだ》れるしかなかった。

「咲楽さんは、どうして、妖怪退治のことを黙ってたの？」

三俣に話を聞かされたときから、疑問に感じていた。他のどんなことよりも、祈に教えておくべきことではないのか。それなのに、三俣から話があるまで、黙っていた理由が知りたかった。

「どうせ、お前が嫌がるのは目に見えてたからな。それなら、実際に妖怪退治の依頼が来るまで、黙っているかってな」

つまり、三俣が来なければ、祈に妖怪退治をさせるつもりはなかったということだ。咲楽はちゃんと祈のことをわかってくれている。それだけで、祈は少し元気になれた。

「俺が絶対に嫌だって言ったら？」

「断ればいいだけだ」

「いいの？」

あまりにもあっさりと答えられ、祈はかえって戸惑う。

「困ってるのは、どこかの知らない人間だ。俺には関係ない」

咲楽の答えは単純明快だった。これまで妖怪退治を手伝ってきたのも、祖父の意思がそこにあったからだ。

「退治するかどうかは、俺次第ってこと？」

「ああ、お前の気持ち次第だ」

重大な選択を任された。これで流されただけだという言い訳はできなくなった。

こうしてお札を書いてみても、まだ妖怪を退治するという実感が湧かない。お札を使うと妖怪がどうなってしまうのかがわからないから、というのもあるだろう。咲楽からは浄化させるとしか聞いていないし、そもそも浄化とはどういうことなのかも、祈にはわからなかった。

「妖怪が妖怪を浄化させることはできないの？」

妖怪を見ることができる者がお札を貼り付ければいいのなら、妖怪でもできるのではないか。その方法は試してみたのかと、祈は思いつきを口にしてみた。

「俺にさせようとしてんのか？」

「そうじゃないけど、狐とか……」

あれだけ、三俣を慕っているのだ。三俣が頼めば、狐はなんでもしてくれそうな気がする。そもそもは三俣が持ち込んだ依頼だ。

「無理だな。妖怪同士じゃ、殺すことはできても、浄化はできない」

「どう違うの？」

「殺されるってのは、器がなくなるってことだ。つまり、魂は残る。残った魂は浮遊し続けるしかないんだ。誰に気づかれることもなく、誰と触れ合うこともない」

「生きることも死ぬこともできないってこと？」

「そうだな」

だから、祖父は浄化することを選んだのかと、祈はようやく理解できた気がした。妖怪たちを迷い続ける魂だけにしたくなかったのだろう。

「人間に害を及ぼす妖怪ってのは、多かれ少なかれ、妖怪とも上手くやっていけなくなる。妖怪同士で戦うことになれば、浮遊する魂を増やすだけだ」

祈の選択に任せると言ってはいるが、咲楽の本音は祈に祖父の跡を継いで欲しいに違いない。他の妖怪に対して、仲間意識を持っていないにしても、魂にしてしまうのは同じ妖怪として寝覚めが悪そうだ。

「俺にできるかな？」

「お前にしかできない」

祈の不安を打ち消すように、咲楽が力強く断言した。

何故だろう。咲楽にそう言われると、本当にできそうな気がするし、暖かい毛布のような安心感に包まれる。

「手伝ってくれるんだよね？」

「お前がやる気なら、俺は手を貸すだけだ」

咲楽は一瞬たりとも躊躇わずに即答した。

「そういうとこ、昔と変わらないね」

「何が？」

「俺が何をして遊びたいって言っても、いつも嫌がらずに付き合ってくれた」

「そうだったか？」

「そうだよ。かくれんぼでも鬼ごっこでもオセロでも、いっぱいいろんな遊びをしたよね」

祈は懐かしさに目を細め、当時を思い出すが、少女だったさっちゃんが自然と今の咲楽の姿に切り替わり、噴き出さずにはいられなかった。

「久しぶりに鬼ごっこでもする？」

「してやってもいいが、もう子供じゃないんだ。手加減しないぞ」

「手加減しないとどうなるの？」

「開始数秒で捕まえる」

「そんなの楽しくないよ」

祈はムッとして答える。妖怪の力を持ってすれば、簡単なことなのだろうが、それでは遊びにならない。

「そのうち、大人の遊び方を教えてやるよ」

「お酒とか競馬とか？」

日頃の咲楽の行動を思い返し、祈は尋ねる。

「それを含め、いろいろな」

思わせぶりな笑みを浮かべて答えた咲楽の表情は、これまでに見たことのないくらい、親父臭かった。

座敷童に恋をした。

3

決行は翌日の夜に決まった。

とはいっても、咲楽がそうしたほうがいいと言ったからそうなっただけだ。妖怪退治初心者の祈には、反対する理由はなかった。

「夜にするのは、やっぱり、人目につかないようにってこと？」

問題のアパートに向かいながら、祈は夜に行動する理由を尋ねた。

「あっちが姿を消してたら、お前が一人で暴れてるようにしか見えない」

「近所迷惑だって、怒られるね」

「最悪、警察が来るな」

だから、咲楽は人が寝静まった深夜にしようと言ったようだ。

「じいちゃんのときもそうしてた？」

「ああ。人目がありそうな場所のときはな」

咲楽の口ぶりでは、祖父は少なくとも、片手の指では足りないくらいの退治をしてきたように聞こえる。

「じいちゃんはたくさん、妖怪を退治したの？」

「そうでもない。妖怪退治の依頼なんて、一月に一回、あるかないかだった」

「じゃ、俺もそんなに退治することないんだ」

祈は少し気が楽になって、表情を崩した。ずっと緊張で顔が強張《こわば》っていたのだ。

「それはどうだろうな。時代は移り変わってる。特に世の中が不安定なときほど、妖怪の動きは活発になるもんだ」

「あんまりプレッシャーをかけないでよ」

「俺は事実を言ってるだけだ」

「なんか、どんどん不安になってきた」

それでも、祈たちの足はアパートに近付いていく。そして、アパートが目前に迫ったとき、不意に狐が二人の前に現れた。

前回、会ったときと同様、見かけはホストさながら、細身のカジュアルなスーツ姿だ。人型の見本を誰にしたのか、時間があるときに聞いてみようと、祈は改めて思う。

「ホントに来てくれたんだ？」

「仕方ないだろう。元々はこっちが持ち込んだ依頼だ」

狐は仏頂面で答えながらも律儀なところを見せる。また後で三俣に余計なことを言われないようにと、警戒しているのもあるのだろう。

「もう準備はできてるのか？」

狐の問いかけに、祈は緊張から無言で頷いた。ポケットには、昨日、仕上げたお札が入っているものの、本当に効果があるのかという不安は拭えない。

「ここでうだうだしてたら、夜が明ける。とっとと片づけるぞ」

咲楽が祈を急かす。

立ち止まっていたのなど、ほんの一、二分のことだ。咲楽はきっと祈に余計なことを考える間を与えたくないのだろう。祈の中に、妖怪を退治することに対する躊躇いが残っていることに、咲楽は気付いているに違いない。

咲楽に促されて、一行は部屋の前に移動する。室内から漂ってくる妖気は、昨日以上で、祈の緊張がさらに増してきた。

だが、祈には気合を入れなおす時間も、気持ちを落ち着かせる時間も与えられなかった。もう待ったなしだと言わんばかりに、咲楽がドアを開けたせいだ。

「やっぱり、来たわね」

薄暗い室内から、昨日と同じ声が聞こえてくる。

部屋の中に光をもたらしているのは、窓から差し込む月明かりだけだ。妖怪たちには明かりなどなくても不自由はなさそうだが、祈はそうはいかない。足元に注意しながら、咲楽の後について、慎重に室内を進んだ。

うっすらとした明かりの中に、女性の姿が浮かび上がる。だが、それは昨日見た、女性ではなく、人間の姿を脱ぎ捨てた、二口女の真の姿だった。

二口女という言葉の響きどおり、頭部には大きな口が二つある。人間と同じ位置に一つと、もう一つは後頭部にだ。

「あたしを消すつもりなんでしょうけど、そうはいかないから」

二口女は挑戦的に言い放つと、いきなり祈たちに遅いかかってきた。

二つの口から伸びだした舌が、一直線に祈に向かってくる。放たれた弓のような早い動きに、祈は身動きすら取れなかった。だが、舌が祈に触れることはなかった。

「こんなもんが、俺らに通じると思うなよ」

祈の前に立ちはだかった咲楽が、両手で舌先を摑《つか》む。

咲楽の手が、よほど強く握りしめているのか、二口女は痛みに顔を顰《しか》め、その場にへたり込んだ。

もしかしたら、舌は武器になる反面、弱点でもあるのかもしれない。そう思わせるくらい、二口女の反応は極端だった。

「咲楽さん、ちょっと力を緩めてあげようよ」

祈はつい二口女がかわいそうになり、咲楽に呼びかける。

「ああ？　お前、状況がわかって言ってんのか？」

　咲楽が眉間《みけん》に皺を寄せた険しい顔で、祈を振り返る。

「だって、二口女はこの部屋の人に危害を加えたりはしてないんだよ？　ただ、ここに住んでただけなんだ」

「だから、許してやれって？　そんなのなんの解決にもならないだろ」

　咲楽の言うことはもっともだ。住人には引っ越しできない事情がある。二口女をそのままにしておけば、いつまで経っても、ここに住人は戻ってこれない
　それはわかっているのに、祈の手はポケットの中のお札には伸びなかった。浄化させれば、二口女はこの世からいなくなる。

　そんな権利が自分にあるのだろうか。

　この場に直面しても、祈はまだ決断ができないでいた。

　浄化させる以外に、何か他に解決策はないのか。祈は必死で頭を働かせた。

「そうだ。だったらさ、うちに来るっていうのは？」

　名案を思い付いたと、祈は顔を輝かせ、二口女に問いかける。

「何言ってんの？」

「何言ってんだ？」

咲楽と二口女が同時に呆れ声で問い返してくる。

あまりに呆れてしまったせいなのか、咲楽が思わず二口女の舌を離した。おかげで二口女も喋れるようになったものの、抜かりなく咲楽がすぐに腕を摑んだため、まだ完全な自由は取り戻せていない。

「考えてみたら、住むところが他にあれば、解決する話だもん」

祈は二人の顔を見比べながら、発言の根拠を口にする。

「誰が引っ越したいなんて言ったのよ」

二口女が祈の提案に不満を露《あら》わにした。

「でも、そうしないと、消えてなくなっちゃうんだよ？　今のでわかったよね？　咲楽さんのほうが強いって」

「今のがあたしの本気だとでも？」

二口女が嘯《うそぶ》く。

明らかに強がりだとわかるのは、咲楽の手を振りほどけていないからだ。咲楽の力が強いのもあるが、二口女の中に迷いが生じているからこそ、無理矢理にでも振りほどこうとしていないのだろう。さっきまでとは違い、武器として使える舌が自由になっているのに、一向に攻撃を仕掛けてこないのだ。

「ね、うちにおいでよ。昔から住んでただけで、ここに拘《こだわ》りがないんならだけどさ、うちなら、咲楽さんもいるし、たまに狐も来てくれるし、寂しくないよ」

二口女の迷いに付け込み、祈は畳みかけるように誘い続けた。

「妖怪相手に寂しいとか、あんた、馬鹿じゃないの？」

そう言いながらも、二口女の声から怒気が消えていく。

「二口女はこの世に未練があるから、残ってるんだよね？　このまま、浄化させられちゃってもいいの？」

まさに今、自分がしようとしていることを棚に上げ、祈は懸命に説得を続ける。

「ここだと、今の人が出て行っても、またすぐに新しい人が入ってくるよ？　落ち着かないままじゃないかな」

今は借り上げ社宅として使われているが、本来は賃貸アパートだ。仮に住人の勤務する会社が、このアパートと契約を解除したとしても、空き家のままにしておくはずがない。管理会社がまたすぐ別の住人を探し出すだろう。そうでなければ、アパート経営は成り立たない。

「どうしても、ここじゃなきゃ、駄目？」

祈は上目遣いで、最後の一押しをした。浄化しないために、祈ができるのは説得しかない。必死だった。その必死さがよかったのだろうか。

「別に、行ってあげてもいいけど……」

渋々といったふうに、上から目線の口調だが、二口女がようやく態度を軟化させた。祈の説得が届いたのだ。

もちろん、今の状況がその選択しかさせなかったのだが、この答えを口にさせたのは、祈が説得したからだ。

「じゃあ、決まりだね」

気が変わらないうちにと、二口女の言葉を同意として受け取ったことを宣言する。咲楽にこれ以上の手出しをさせないためでもあった。

「正気か？」

完全に呆れかえった顔で、それでも咲楽は確認を求めてくる。

「いいでしょ。一応は俺の家なんだから」

咲楽の反対を封じ込めるように、祈はここぞとばかりに家主であることを主張した。

咲楽はこれ見よがしに大きな溜め息を吐くと、ようやく二口女から手を離した。これで、二口女は完全に自由な身になったが、再び、攻撃を仕掛けてくることはなかった。

「あら、子供のくせに家を持ってるの？」

二口女が意外さを隠そうともせず、問いかけてくる。

妖怪に子供扱いされても、生きてる年数が違いすぎるのだから、もはや訂正する気にもならない。

祈はそうだと頷く。

「じいちゃんから貰《もら》ったんだ。庭もあるから、ここより居心地がいいと思うよ」

「庭まであるの？　それを早く言いなさいよ。この小箱の寄せ集め暮らしには、正直、飽き飽きしてたんだから」

さっきまでとは態度を一変させ、二口女が急に乗り気な態度を見せた。

「今すぐ、あんたのところに行くわ」

「じゃあ、一緒に……」

「あたしは先に行ってるから、もう一匹のほうはお願いね」

「もう一匹？」

祈の問いかけに答えることなく、二口女はすっと室内から姿を消した。

「うちの場所、わかるのかな」

住所を教える暇もなかったが、妖怪には必要ないのかと咲楽に視線を向けると、

「そんなことより、来てるぞ」

咲楽がいつになく険しい声で、祈の注意を引いた。

何がと聞くまでもない。二口女のものよりも遥かに強い別の妖気が、足元から徐々に近づいてくるのを、祈もはっきりと感じていた。

「こっちのほうが本命じゃねえか」

咲楽が忌々《いまいま》しげに舌打ちして呟いた。

「どういうこと？」

「二口女がいる間は、こいつの出番はなかったってことだ。協力し合ってたつもりはなかったんだろうが、二口女が邪魔な人間を追い払ってくれてるから、出る幕はなかったってところだろ」

だが、二口女はいなくなった。だから、潜んでいた別の妖怪が、自ら行動するしかなくなったのだと、咲楽は言いたいようだ。

祈は思わず、咲楽の腕に縋り付いた。近付いてくる妖気が孕《はら》む怒気が、祈に感じたことのない恐怖を覚えさせる。

「来たっ」

咲楽が咄嗟に祈を自分の胸元に引き寄せ、衝撃を堪《こら》える。

足元が大きく揺れたと同時に、床からこげ茶色の塊が姿を現す。祈はそれを咲楽に抱きしめられたまま、顔だけを後ろに向けて見つめていた。

こげ茶色の塊はそのまま上へ上へと伸びていき、天井を突き破る。祈たちの視界は、こげ茶色一色になってしまうほど、その妖怪は横幅も大きかった。

「外へ出るぞ」

咲楽がそう言って、半ば抱きかかえるようにして、祈を外へと連れ出した。

「こんな大きな妖怪、初めて見た……」

祈は唖然《あぜん》として、呟く。

既に妖怪の背丈は二階建てアパートの天井を突き破っている。とはいえ、それは見えている者にしかわからない。実際には建物も壊されておらず、付近の住人が騒ぎに気付くような物音も立っていなかった。

真冬の午前三時過ぎという時刻もあって、誰も外に出てきていないだけでなく、どの家も窓を閉め切っているから、少々の話し声なら、誰かに聞かれることもないだろう。それでも、声を潜めつつ、祈は咲楽に問いかける。

「なんていう妖怪なの？」

「俺が全ての妖怪を把握してると思うなよ」

咲楽が知らないことを偉そうに答える。けれど、いつもと変わらない咲楽の態度が、祈に落ち着きを取り戻させてくれる。さっきの恐怖感も咲楽の腕に包まれている安心感で薄れてきた。

「あれは泥田坊《どろたぼう》だ」

咲楽に代わり、答えをくれたのは狐だった。

それまでは存在すら隠していたのに、黙っていられなくなったのか、それとも、自分の力が必要だと思ったのか、再び、祈の前に姿を見せた。

「こいつが泥田坊？　聞いてるのと違いすぎるぞ」

咲楽は信じられないと、まじまじと巨大な妖怪を見つめた。

「私もこの大きさを見るのは初めてだが、間違いない」

「ってことは、恨みの塊か……」

咲楽が忌々しげに舌打ちした。

「田を潰《つぶ》された恨みだけってわけだ。こいつに言葉は通じないぞ」

咲楽の言うように、泥田坊から感じるのは恨みの念だけだった。呻《うめ》き声を上げながら、澱《よど》んだ目で周囲を睨み付けている。

祈はポケットに入れていたお札を握りしめる。

今はまだ実体を持っていないから、直接的な被害を被《こうむ》ってはいない。だが、いつ、状況が変わるかわからない。そうなると、これだけの大きさだ。この辺り一帯が壊滅するほどの被害を及ぼしかねないのだ。

「……どこに貼ればいいの？」

覚悟を決めて、祈は咲楽に尋ねた。

「うっすらと光ってるところがあるだろ？　そこが妖怪にとっての心臓のようなもんだ」

言われてみると、確かに一か所だけ、うっすらと光を放つ場所があった。泥田坊の目の上、人間でいうと額にあたる場所だ。

「あんなところまで、どうやって行くの？　届かないよ」

二階建てアパートを超える大きさで、その額の位置なのだから、祈が手を伸ばしたくらいでは、到底、届くはずもない。

「わかってる」

祈の訴えに、咲楽は頷いて見せると、

「狐、頼んだ」

背後に控えていた狐に呼びかけた。

何を頼まれたのか。狐は問い返すことなく、咲楽の意図を読み取る。

祈の体がふわりと浮き上がる。狐に背中から抱きかかえるようにして持ち上げられているのだと気付くのに、時間はかからなかった。

狐が飛べることに驚くよりも、目の前に迫ってくる泥田坊の巨大さに、ぶり返してくる恐怖心を抑えることに精いっぱいだった。

「うわっ」

泥の塊が祈めがめて飛んできた。祈の口から思わず悲鳴が漏れる。だが、狐がそれを難なくかわし、さらに前へと進んでいく。泥田坊は大きいだけあって動きが遅く、狐は見事な俊敏さで、次の攻撃もかわした。

あと少しで、祈が手を伸ばせば、急所に届きそうな場所まで近付く。祈はお札をポケットから取り出した。

「今だ」

ずっと見守っていた咲楽が、地上から合図を出す。それを受け、祈は手にしていたお札を泥田坊の光る場所へと夢中で押し付けた。

「何……？」

祈は困惑の声を上げる。

咲楽からは、ただ貼り付けるだけだと聞いていた。だが、今、祈の手はお札と一体化したかのようになり、引き剝《は》がすことができないでいる。そして、狐もまた、それがわかっているのか、祈を無理に引き離そうとはしなかった。

掌《てのひら》が熱くなる。

体の奥から湧き出た熱が、掌に集まっていく。

そして、その集まった熱は、泥田坊に吸い込まれていく。祈はそんなふうに感じた。

地響きのような音が、すぐそばで聞こえてきた。泥田坊の雄叫びだ。

その声をきっかけに、ようやく、祈の手がお札から離れた。すかさず、狐が祈を抱きかかえたまま、地上で待機していた咲楽のもとへと移動する。

けれど、祈は自らの足で立つことはできなかった。まるで力が入らないのだ。祈の体は狐から咲楽へと受け渡しされ、今度は咲楽に支えられる。

「見てみろ」

咲楽に促され、祈は視線を向ける。

さっきまではっきりと見えていた泥田坊の姿が、向こう側が見えるほど、影が薄くなっていた。そして、雄叫びも、もう祈の耳には届かなかった。

最後まで残っていたのは、お札を貼り付けた光の場所だった。だが、そこもやがて完全に消えてなくなる。

「浄化完了だ」

その言葉とともに、咲楽が祈の背中をポンと叩《たた》いた。

「お疲れさんって、もう声も出ないだろ？」

咲楽の問いかけに、祈は声もなく、小さく頷くだけしかできない。自分でも信じられないほどに、全てに力が入らなかった。

「妖怪を浄化させるには、それだけの力が必要だってことだ」

祈がこうなることが、咲楽にはあらかじめわかっていたらしい。それなら最初に言っておいてくれれば、心の準備もできたのにと、反論できないかわりに、祈は恨めし気に咲楽を見つめた。

「もう手助けは十分だな？」

黙って後ろで立っていた狐が、存在を主張するように問いかけてくる。

「ああ、お疲れさん」

咲楽が尊大に答えると、狐の姿がすっと消えた。瞬間移動ができるわけではなく、祈の目にはそれくらい早く動いたように見えただけだ。

「とりあえず、中に入るか」

咲楽が祈を促す。

今のところは誰かに気付かれた様子はないが、夜中にいつまでも立ち話をしているのもおかしい。だが、帰宅しようにも、祈が声すら出せない状況だ。咲楽の提案に祈もすぐに頷いた。今はとにかく、体を休めたかった。

とは言っても、祈は自力では動けず、咲楽によって妖怪たちのいなくなった部屋に運び込まれ、床の上に祈は横たえられた。

どれくらいすれば、体力が戻るのか。そう尋ねたいのに、まだ声は出ない。だが、祈のもの言いたげな視線に、咲楽は気付いてくれた。

「お前は若いからな。一晩も寝れば、回復するだろ」

過去に何度か妖怪退治を手伝ってきた経験のある咲楽が言うのだから、そうなのだろう。ただの疲れだとわかり、祈はひとまず安堵《あんど》した。

「けど、それをここでずっと待つってのも、俺が暇だし、かといって、お前を担いで帰るのは俺が大変だ」

寝ている祈のそばで、咲楽がもっともなことを言い出した。

ここは他人の部屋だ。妖怪退治を終えた以上は、速やかに退出すべきなのはわかっている。だが、早々に立ち去ろうにも、祈がこの状態では電車には乗れないし、そもそも、この時刻では電車が動いていない。かといって、タクシーを使うには距離がありすぎる。まだアルバイトを始めていない、今の祈の経済力では、そんな出費はできなかった。

「手っ取り早く、体力を回復させる方法があるにはあるが、それを試してみるか？」

咲楽は祈に判断を任せてきた。

妖怪退治が初めての祈が知らないだけで、お札のときのような、何か特別な方法があるのだろうか。そうでなくても、現状をどうにかしたい気持ちは、咲楽よりも祈のほうが強い。祈は任せるという意味を込めて、頷いた。

「わかった。それじゃ……」

咲楽が祈の足を跨《また》いで膝《ひざ》をつき、背中を丸めて顔を近づけてくる。

その行動の意味が、祈には全く想像できない。だから、咲楽の顔が目前にまで迫ってきても、ただ見つめるだけだった。

咲楽の唇が、祈のそれに重なる。

条件反射的に目を閉じてしまったせいで、意識がより唇に集中する。おかげで、キスをされているのだと、ようやく気付いた。

祈は子供っぽくみられることもあって、恋愛には奥手だった。二十一歳になるというのに、キスですら経験はたった一度だけという有様だ。そんな祈にとって、咲楽から与えられるキスは、濃厚すぎた。

唇を割って、咲楽の舌が祈の口中に押し入ってくる。全身に力が入らない祈には、押し返すことなどできず、受け入れるしかなかった。

「なんで……?」

さんざん口中を貪《むさぼ》った咲楽の唇が離れると、祈は声を出せるようになっていた。混乱しつつも、黙ってはいられず、咲楽に問いかける。

「妖怪に奪われたお前の力を、俺が注いでやってるだけだ」

咲楽が恩着せがましく答える。

確かに、言われてみると、確実にキスをされる前より、体が楽だ。声が出ることからも、それははっきりしていた。

「もっとも簡単に力を戻す手段が、体を交えることなんだよ」

「体を交える？」

聞きなれない言葉に、祈は首を傾げる。

「わかりやすく言えば、セックスだな」

「嘘……だよね？」

到底、信じられないものの、冗談では済ませられないこの状況に、祈は声を震わせる。

「嘘かどうかは、自分の体で確かめろ」

咲楽がニヤリと笑い、祈のコートに手をかけた。

寒いからずっとコートを着込んだままだった。ダウンのファスナーを下ろされ、中のセーターをインナーのシャツごと捲《めく》り上げられる。その間、一秒にも満たないほどの早業だ。

「ただ力を注ぐだけじゃ、味気ないから、これはオプションだ」

そう言いながら、祈の胸元に咲楽が顔を近付けてくる。

口は動くようになったものの、体の力は戻っていない。無抵抗の祈は胸に与えられる濡《ぬ》れた感触を拒むことはできなかった。

「ふ……ぅ……」

祈の口から吐息が漏れる。

胸の小さな尖りを舐《な》められるなど、人生で初めての経験だ。おまけに相手は妖怪で、現実に頭が追い付かない。それでも、体は勝手に反応を見せてしまう。快感ではなく、その舌の冷たさに、体が震えた。

咲楽は右の胸を口で、左を手で愛撫《あいぶ》し始める。

最初はただくすぐったいだけの感覚だけでしかなかったのに、同時に責め続けられると、次第に違う感覚が生まれてきた。

「はぁ……」

甘い息が零《こぼ》れだす。

咲楽の舌や指が触れた場所から、熱が広がっていくのを感じずにはいられなかった。

自分の体のことだ。どんな変化をきたしているのかはわかる。祈の中心はジーンズの中で、形を変え始めていた。

「こっちにも触ってほしいだろ？」

祈の体の変化を見透かした咲楽が、そう言いながらジーンズの上から、僅かに盛り上がった股間《こかん》を軽く撫《な》でる。

たったそれだけなのに、祈は腰を揺らめかせる。その手を待ち望んでいるとでも言いたげな反応だ。羞恥《しゅうち》が体を熱くした。

「ちゃんと気持ちよくしてやるから」

宥《なだ》めるような言葉の後、咲楽は祈の下肢から邪魔なものを全て取り去った。

上半身こそ、まだ服は着たままだが、胸元をはだけられた状態で、下半身は剥き出しだ。それなのに、寒さはまるで感じなかった。むしろ、内側から発する熱で暑いくらいだった。

「お前、こういうの経験ないだろ」

思わせぶりな笑みを浮かべた咲楽が、その笑顔のまま身を屈《かが》めた。視線の先には、祈の股間に顔を近付けていく咲楽がいる。

「やめ……っ……」

祈の言葉は途中で途切れる。かつて味わったことのない感触が、祈から言葉を奪った。

咲楽の口中に中心を包まれ、柔らかい刺激が与えられる。手で扱《しご》くのとは全く違う感覚だ。

「は……あぁ……」

祈はただ与えられる快感に甘い声を上げ続ける。もし、力が戻っていたとしても、きっと抵抗できなかったに違いない。それくらい、祈は快感に不慣れだった。

咲楽は頭を上下に動かし、力を持った祈の中心を唇で扱き上げる。

「んっ……」

堪え切れず、祈は背をのけぞらす。無意識だが、体が動くようにはなってきた。咲楽の言うとおり、この行為が祈を回復させているのは確かなようだ。

咲楽は屹立を口に含んだまま、祈の膝を立てると、秘められた奥へと手を差し入れた。

「や……っ……」

何か濡れた感触が後孔に与えられ、祈は身を竦ませる。

こうなることも計画のうちだった咲楽が、準備していたローションだと後で教えられたが、今は何かわからないだけに、戸惑いと困惑で、縋るような視線を咲楽に向けるしかできない。

「ここからが本番だ。お前もガキじゃないんだから、この意味がわかるだろ？」

「ホントに……するの？」

不安に揺れる瞳《ひとみ》で、祈は確認する。経験はなくても、おぼろげながらは知っていた。だが、自分がするとなると、その知識が間違いであってほしいと思う。

「今、ここでしておいたほうが、お前のためだ」

「本当に？」

「こんなことで嘘を吐く必要がどこにある」

祈の不安を打ち消すように、咲楽が真剣な顔で答える。

確かに、そのとおりだ。咲楽は祈のためにしてくれているのだから、どんなに恥ずかしくても耐えるしかない。

「わかった」

祈は小さく答えると、少しでも羞恥を和らげるために、顔を横に向け、視線を逸《そ》らした。

後孔付近をさまよっていた咲楽の指が、グッと中へと押し込まれる。まだ体に力が戻っていないせいか、指は押し返されることなく、祈の中に進んでくる。

圧迫感はあった。だが、どんな魔法を使ったのか、痛みや不快感はまるでなかった。

「あぁ……んっ……」

何かを求めて中を蠢《うごめ》く指が、祈を乱れさせる。我慢すると決めたばかりなのに、もう心が挫《くじ》けそうだ。

「ね……まだ……？」

いつになったら終わるのか。祈はそう尋ねたつもりだった。

だが、咲楽は違う意味に捉えた。指を引き抜くと、すぐさま両足の膝裏を摑んで左右に広げて、その間に腰を進めてくる。

「ああっ……」

押し入ってくる昂《たかぶ》りの熱さに、祈は嬌声《きょうせい》を上げる。

男を受け入れさせられるのは初めてなのに、痛みがないのは、咲楽が妖怪だからなのだろうか。人間にはない、何か特別な力を使っているのだろうか。そう思わずにはいられないくらい、祈には快感しかなかった。

咲楽が腰を使い、祈の奥へと自身を打ち付ける。

「あっ……あぁ……っ……」

祈の口からひっきりなしに喘《あえ》ぎ声が漏れる。抑える術《すべ》も知らず、堪えるだけの経験もない。咲楽に乱され、翻弄《ほんろう》され、冷静な思考など、とっくにどこかに消えていた。

祈の反応に気を良くしたかのように、咲楽の腰の動きが激しくなる。双丘に腰を打ち付ける乾いた音に、祈の嬌声がかぶさる。

「も……駄目……」

祈は限界を訴えた。感じすぎて、おかしくなりそうだ。早く射精したい。それしか考えられなくなっていた。

祈の訴えは咲楽に届いた。咲楽は腰を抱えなおすと、一際大きく腰を突き上げた。

「くっ……うぅ……」

押し出されたのは声だけではなかった。祈は迸《ほとばし》りを自らの腹にぶちまけた。そして、力を注ぐといった言葉どおりに、祈の中には、咲楽が放ったものが広がっていた。

妖怪とセックスをした。その事実が祈を呆然《ぼうぜん》とさせる。人間の女性とも経験がないのに、妖怪でしかも男に初体験を済ませてしまったのだ。

「疲れは取れただろ？」

咲楽が情緒の欠片《かけら》も感じられない言葉を投げかけてくる。

呆然としている祈の頭には、今の状況など関係なく、ただその言葉だけが響く。

確かに、咲楽の言うとおり、体のどこにも疲労感は残っていなかった。試しに腕を動かしてみても、なんの違和感もなく、楽に動く。これなら起き上がることもできると、上半身を起こしたところで、祈は自らの状態に気付いた。

「あ……」

小さく呟き、祈は慌てて散らばった服を掻《か》き集める。下着一枚、身に着けていない姿を目の当たりにすることで、こうなった原因を思い出したからだ。

祈は咲楽から体を隠すように背中を向ける。今更だとはわかっていても、急に裸身を晒していることが恥ずかしくなってきた。

だが、掻き集めた服を身に着けようとして気付いた。タオルどころか、ハンカチすら持っていない。祈の腹は自らが出したもので濡れたままだ。

「これを使え」

戸惑っている祈に気付いた咲楽が、部屋にあったタオルを見つけて差し出してきた。

「どこから持ってきたの？」

祈は顔を伏せたまま問いかける。家を出たときから、咲楽はずっと手ぶらだった。咲楽の持ち物でないことは明らかだ。

「そこにあった」

咲楽がこともなげに答える。おそらくそうだろうとは思っていたが、やはり、この部屋の住人のものだった。

「勝手に使っていいの？」

「妖怪退治に必要だったと言われりゃ、誰も文句はないだろ」

三俣が依頼人にどう報告するのかは知らないが、妖怪がいたとは言わないだろう。まだ霊の仕業だと言われたほうが、納得するかもしれない。除霊のために手近にあったタオルを使いましたと報告されても、そもそも除霊方法など誰も知らないのだ。そうですかと、受け入れられるだけのような気がする。それに、実質、タオル一枚だけの損害で済むのなら、安いものだ。

「そうだね」

やりとりだけなら、ごく普通の会話だ。祈も一瞬、状況を忘れてしまう。だが、すぐに受け取ったタオルの行き先を思い出し、顔を赤らめる。

さっきまでのことは、妖怪の咲楽にとっては、ただの体力回復の手段でしかないのだろう。特別なことをしたという感覚はなさそうに見える。だから、祈も気にしなければいいのだとは思っても、そう単純には割り切れない。

「終わったか？」

「あ、うん」

祈は慌てて腹の汚れを拭い取り、咲楽に背を向けたまま、急いで服を身に着けた。

「じゃ、帰るか」

祈が服を身に着け終えるのを待って、咲楽が声をかけてきた。体力が戻ったのなら、長居は無用だと言わんばかりの口調だ。

「ゆっくり歩いていけば、駅に着く頃には、始発が動き出すだろう」

咲楽がチェストの上に置かれた目覚まし時計を見ながら言った。そのあまりにいつもと変わらない様子に、祈もつい釣られてしまう。

「妖怪が始発とか気にするんだ？」

妖怪とは不似合いな言葉に、祈は笑いながら尋ねた。

「俺だけなら、そんなものは必要ないんだけどな」

つまり、祈のために言っているのだと、咲楽は答えた。

咲楽は狐のように飛ぶことはできないようだが、人間から存在を見えなくすることはできる。だから、咲楽が乗ろうとすれば、タクシーだろうが、個人の車だろうが、何にだって乗れるのだ。それ以前に、歩くスピードも人間とは比べ物にならないくらいに速い。人間では徒歩だと何時間かかるかわからない距離でも、咲楽なら、ものの数分で辿りつけるだろう。

「そっか。俺は電車に乗らないといけないんだ」

祈の口から自然と溜め息が零れる。

「来るときも電車だっただろ？　何が嫌なんだ？」

咲楽は理解できないと首を捻《ひね》る。

このアパートに到着したときも既に深夜だったが、万単位になるタクシー代を節約するために、先に終電でここの最寄り駅まで先に来ておいてから、深夜営業をしている喫茶店で時間を潰していたのだ。

何しろ、人間と同じ生活をする咲楽の分まで、祈が稼がなければならないのだから、こんなことで無駄遣いはできなかった。

「咲楽さんにはわかんないよ」

祈は拗《す》ねたように唇を尖らせ、そっぽを向いた。

始発だから、乗客は少ないはずだ。それでも、誰とも会わずに家まで帰り着くのは不可能だろう。

できるなら今は誰にも会いたくない。そんな気持ちを咲楽に理解してもらうのは難しそうだ。さっきの咲楽のデリカシーのない発言を聞いたばかりだから、余計にそう思う。

「言わなきゃ、わかんないだろ」

「言ったって、わからない」

ムキになって否定する祈を見て、咲楽は何かに気付いたようにふっと笑った。

「ああ、セックス直後の顔を見られるのが嫌だってことか」

図星を突かれて、祈は言葉に詰まる。それだけではなく、自分でも熱いと感じるほどに、顔が赤くなってきた。

さっきの行為はセックスではないと思い込もうとしているのに、咲楽が現実を突きつけてくる。言葉をどう言い換えようと、したことはセックス以外の何物でもなかった。

「ただの体力回復の手段なんでしょ?」

「そうだ。その手段がセックスってだけだ」

「何回も言わないでよ」

生々しい言葉が、ますます祈を辱める。その単語を聞くたびに、祈の顔が耳まで赤く色付いていく。それを咲楽が面白がって見つめていることに、祈は気付かない。

「心配するな。嫌でもそのうち慣れる。セックスにも、その直後に人と会うことにもな」

「慣れるほどするの？」

衝撃が祈の声を大きくし、慌てて口を押える。二度と、この部屋に来ることはないにしても、両隣の住人に不信を抱かれる真似は避けたかった。

「それが嫌なら、とっとと力をつけるんだな」

咲楽が鼻で笑いながら、祈の力不足を指摘した。それでふと気付く。

「じいちゃんのときも、……今みたいにしてたの？」

祈は言葉を選びながら問いかける。祖父も妖怪退治をしていたのだから、当然、妖怪に力を抜かれていたはずだ。

だが、その質問に、咲楽は露骨に嫌な顔になった。

「誰がするか」

「じゃあ、じいちゃんはどうしてたの？　自分では動けないんだよ？」

「じいさんとお前とは違う。じいさんは、ここまで妖怪に力を奪われたことはない」

咲楽は憮然として答えた。

「じいちゃんは妖怪退治の能力が高かったんだ？」

「ああ。じいさんはずば抜けた力の持ち主だった」

「そうなんだ」

だから、あんなに妖怪たちに慕われていたのだろうか。そんな祖父だったから、妖怪たちも一緒に浄化されていったのかもしれない。

妙に納得できたと同時に、それほどの力のない祈では、祖父のように慕われることはないのだろうかと、少し寂しい気持ちにもなる。

それが知らず知らず、顔に出ていたらしい。咲楽からは、さっきまでの祈をからかうような表情が消えた。

「それも経験だ。回数をこなせば、それなりになってくるさ」

ぶっきらぼうな言い方なのに、咲楽の言葉は祈への励ましにしか聞こえない。

咲楽には人の心を見抜く力があるのか。それとも、祈がわかりやすすぎるのか。いつも、欲しいときに欲しい言葉をくれる。

「ホントにそう思う？」

「こんなことで嘘を吐いてどうする」

疑わしげな態度を崩さない祈に、咲楽が柔らかい笑みを浮かべて応じる。

「だいたい、じいさんが妖怪退治を始めたのは、歳を取ってからなんだ」

「あ、そういえば、そんなこと言ってた」

祈は三俣から聞いた話を思い出す。祖父が妖怪退治を始めたのは、定年退職してからだと言っていた。もしかしたら、妖怪を見る力は歳とともに強くなるのだろうか。

「じいさんだって、お前の歳の頃に妖怪退治をしていたら、どんな結果になってたことかわからないぞ」

「年齢とともに力は強くなるの？」

「それはわからないが、少なくとも、経験は力になる。お前が今から続けてれば、じいさんの歳に追いつく頃には、じいさん超えをしてるかもしれないぞ」

咲楽にもわからないことはある。それでも、祈に明るい未来を示してくれるのは、祈を信じてくれているからだと思いたい。

「じいちゃんくらいになれるかな？」

「なれるかどうかは、お前次第だけどな」

「ずっと手伝ってくれるんだよね？」

「だから、言ってるだろ。お前がやるって言うんなら、俺は手伝うだけだって」

何より力強い言葉が、祈に笑顔をもたらした。

「うん。なんか、元気出てきた」

落ち込んでいたのが恥ずかしくて、祈は照れくささを隠すように笑ってみせる。

「単純な奴だな」

そう言った咲楽の顔に、呆れたような笑みが浮かんでいた。けれど、決して馬鹿にしたふうではなくて、何故だか、祈はまた嬉しくなった。

4

後期試験が終われば、大学は長い休みに入る。祈にとっては試験最終日、浩輔と久しぶりに顔を合わせた。

「お前、ホントに引っ越した途端、顔を出さなくなったよな」

浩輔が愚痴っぽく祈を責めてきた。

「遠いんだもん。用がないと出てこないって」

祈は言い訳のように事実を口にした。

祈が大学に来るのは授業か試験があるときだけとなっていた。大学までバスを使って三十分のところに住んでいた頃なら、何も用がなくても浩輔たちがたむろしているサークルの部室に遊びに行くこともあった。だが、今は違う。そのためだけに片道、約二時間は遠すぎた。

「それに、いろいろと忙しくて……」

曖昧な言葉を返すのは、浩輔に嘘を吐きたくなかったからだ。

祖父の遺《のこ》してくれた家に引っ越しをして、既に二か月が過ぎていた。その間に、退治した妖怪は三体だ。全て、三俣が持ち込んだ依頼だったが、世の中には、こんなに困った妖怪が溢《あふ》れているのかと、祈は驚くしかなかった。祖父が退治していた頃は、多くて一月に一度だと言っていたのに、それだけ世の中が変わってしまったということなのだろうか。

「ああ、バイトが見つかったのか？」

大学が休みになったというのに、祈が忙しい理由を浩輔はアルバイトのせいだと思ったらしい。引っ越し先で新しいアルバイトを探すと言ったから、浩輔がそう思うのも無理はなかった。

「まあ、うん」

「何やってんだ？」

「神社の手伝い」

祈は今度もまた、あらかじめ咲楽と相談して決めていた答えを口にした。

大学に入ってから、祈はずっと一人暮らしの生活費のためにアルバイトをしていた。授業料は母親が出してくれたが、自宅から通えない距離の大学を選んだのは祈自身なのだから、生活費くらいは自分で賄うべきだと思った。

浩輔もそのことを知っているから、アルバイトをしないままでいるのは、不審がられると咲楽に相談したのだ。

「また……、渋いバイトを見つけたよな」

浩輔は呆れたのと驚いたのが、半分半分という表情で言った。

「神社ってことは、可愛い巫女《みこ》さんとかいる？」

「残念だけど、いない」

浩輔の言い出しそうなことだと、祈は苦笑しつつ答えた。

「小さな神社だからね。神主さんだけしかいないんだ。それで、手が回らないからって、雑用を手伝ってるんだよ」

「そういうことね」

すんなりと浩輔が納得してくれて、祈はほっとした。

実際のところ、まるっきり嘘というわけでもない。現在、祈は神社の神主である三俣に持ち込まれた妖怪退治を、報酬を受け取り、請け負っているのだ。その額は祈がこれまで得てきたアルバイト料より多かった。

最初に泥田坊を退治したときには、謝礼のことなど考えてもいなかった。だが、退治した翌日には、三俣が早々に尋ねてきて、謝礼だと言って十万円を渡された。それは三俣が依頼人から受け取った金額そのままらしい。

おかげで急いでアルバイトを探す必要がなくなり、そのお金がなくなる前に、また新しい依頼が入るという繰り返しになっていた。

「それじゃ、アルバイト先で出会いもないわけだ」

「ないね」

残念そうな浩輔に、祈は笑って頷く。

「まあ、でも、俺の目の届かないところで、おかしな女に引っかかる心配がないのはいいか」

「そんな心配までしてくれてたんだ」

「お前、女に免疫ないしな。友達としては、心配なわけだ」

「免疫って……」

同い年の浩輔からの言葉に、祈は苦笑いする。

「だって、お前、童貞だろ？」

ストレートに問いかけられ、祈は言葉に詰まっただけでなく、瞬時に咲楽のことを思い出した。咲楽に触れられた感触も、中を穿つ熱さも、リアルに蘇る。

「あれ？　もしかして、俺の知らない間になんかあった？」

「何もないよ」

浩輔の探るような視線を受け、祈は慌てて否定する。

「ただ昼間からこんな話はさ」

「こんな話って、たいしたこと言ってないだろ」

祈が初心な反応を見せるのはいつものことだから、浩輔もそれ以上の追及はしてこなかった。まさか、男の妖怪と初体験を済ませてしまったなどとは、夢にも思わないだろう。

「そんな調子だから、俺も心配なんだよ。女は怖いからな。お前なんか、簡単に騙されそうだ」

「そういう出会いがあったら、ちゃんと浩輔に相談して、見極めてもらうね」

「任せろ」

自信たっぷりな態度で胸を叩く浩輔に、祈はつい噴き出した。

いつもと変わりない、ごく日常的な友人同士の会話だ。おそらく、大学構内のいたるところで繰り広げられているものと変わりないだろう。

けれど、祈は自分たちだけ、いや自分だけに向けられる視線を感じていた。浩輔に気付かれぬよう、さりげなく、その視線の方向に顔を向けると、小学校低学年くらいの大きさの真黒な物体がいた。見覚えはないが、妖怪だ。黒の中に浮かび上がる白い目が、じっと祈の様子を窺っている。

敵意は感じられなかった。ただ好奇心で見ている。そんな態度だった。

祈は浩輔にはもちろん、そのことを話さなかった。その代わり、帰宅してすぐ、縁側にいた二口女に報告する。

「妖怪を見るくらい、あんたには珍しくないでしょ？」

二口女は素っ気ない態度ながらも、祈の話に付き合ってくれる。

二口女もすっかりここでの暮らしに慣れたようだ。一日中、家の中にいるわけではなく、むしろ、出かけていることのほうが多いのだが、住処はここだと決めたらしく、一日に一度は、必ず、姿を見るようになっていた。

「そんなことないよ。大学で見たのは初めてなんだって。ほら、二口女に会ったときからだよ。頻繁に妖怪を見るようになったのは」

祈は不思議で仕方がないのだと、首を傾げる。

それまでは、自分が妖怪を見ることができるのだと忘れるくらいに、ほとんど妖怪に会ったことがなかった。にも拘《かかわ》らず、妖怪退治をして以降、ただ歩いているだけで、妖怪の気配に気付くことも多々あるのだ。

「それは、簡単な話。祈から妖怪の匂《にお》いが、プンプンとしてるから、向こうが興味を持って寄ってきてるだけよ」

「一緒に暮らしてると、匂いって付くの？」

「何言ってんの。妖怪と交わったからに決まってるでしょ」

呆れたような二口女の指摘に、祈は瞬間的に顔が赤くなる。

「なんで、知ってるの？」

「知られてないと思ってたことのほうが驚きだわね」

二口女はますます呆れ顔になる。

妖怪たちの言葉を借りて言うなら、咲楽とは三度、交わった。つまり妖怪退治をした回数と同じだ。

行為の直後は、あまりの恥ずかしさのせいで、もう二度と妖怪退治はしないと思うのだが、妖怪のせいで困っている人がいると三俣に頼まれると、つい引き受けてしまう。そして、毎回、咲楽の力を貰う羽目になっていた。

元々の能力が高くなれば、咲楽の手を煩わせることもなくなるはずだが、今のところ、祈に成長の兆しは見られなかった。

だが、咲楽との行為に羞恥を感じているのは、祈が人間だからのようで、二口女は全く気にした様子もなく、話を続ける。

「妖怪はそこらじゅうに山ほどいるの。それに、人間が天災だと思ってることも、実は妖怪の仕業ってことも多いのよ」

「そうなの？」

「人間ってだけで、忌み嫌ってる妖怪もいるからね。何か嫌がらせがしたいのよ。ま、あたしもどっちかと言うと、そっち側だし」

「妖怪たちの住処をなくしていってるんだから、嫌われたって仕方ないのかな」

一方的に妖怪の肩を持つ気はないが、人間に非があるのも確かだ。だからこそ、積極的に妖怪退治をしようという気にはなれなかった。

「甘いな」

不意に、咲楽の声が背後から聞こえてきた。祈が帰宅したときには、咲楽は出かけていて留守《るす》だった。いつの間に、帰ってきたのだろうか。全く気付かなかった。

「何が甘いの？」

「世の中が変わっていくのは、人間のせいだけじゃない。妖怪の多くは、それに対応して、共存して生きてる。できないってのは、そいつが努力を怠ってるだけだ」

咲楽は突き放すように言った。

「妖怪相手に努力とか言う？」

二口女は呆れたように鼻で笑った。

「こっちは妖怪臭い人間で、そっちは人間臭い妖怪ってわけね。お似合いですこと」

嫌味たっぷりにお似合いと言われた、祈と咲楽は、顔を見合わせる。

「妖怪なんて、自分のことしか考えてないんだから、努力なんてするわけないでしょ。あんたたち、ちょっと妖怪に期待しすぎなんじゃないの？」

「俺が何を期待してるって？」

咲楽がムッとして問い返す。

「妖怪が人間と共存できるって思ってるでしょ？　それに、祈は悪い妖怪なんて、いない。話せばわかると、まだ思ってる」

図星を刺されて祈は言葉に詰まる。隣にいる咲楽もまた痛いところを突かれたのか、すぐに返事ができないでいた。

「言っておくけど、人間と共存できる妖怪のほうが少ないし、人間に害を及ぼさない妖怪のほうが少ないんだからね」

二口女は祈たちに言い聞かせるように言った。基本的に家に憑りつく座敷童である咲楽は、人間との関わりは深い。人間よりの感覚を持っていても無理はなかった。

「あたしだって、好き好んで人間と共存したいなんて思わないけど、ここは居心地がいいから、しばらくはいさせてもらうわ。座敷童の恩恵にも与《あずか》れるしね」

そう言った後、反論は受け付けないとばかりに、二口女の気配がすっと消えた。

他にもう誰の気配も感じられない。ここにいるのは、祈と咲楽だけだ。そうなると、急に二人きりが気になり始める。

「どっか行っちゃったね」

祈は取り繕うように言葉を口にする。視線はさっきまで二口女が座っていた場所だ。

二口女がいたときは平気だったのに、いなくなった途端、咲楽の顔がまともに見られない。意識しすぎている自覚はあるが、咲楽に見つめられると、どうしても、咲楽との行為を思い出さずにはいられなかった。

「好き放題、言いやがって」

一方で咲楽は二人きりでも気にならないらしい。言われっぱなしだったことが腹立たしいのか、咲楽は苦々しげな口調で、二口を女の消えた方向を見ながら、吐き捨てるように言った。

同じ屋根の下で暮らしているといっても、咲楽と二口女はほとんど同じ空間にはいない。相容《あいい》れないタイプであることは、どうやら、双方ともにわかっているようだ。

「恩恵って何？」

普通の会話をしていたほうが意識しなくて済むと、祈は二口女が言い残した言葉を思い出し、咲楽に尋ねた。

「この家にいれば、俺がもたらす福を自分も受けられると思ってるんだろ」

「そうなの？」

「結果的にはそうなる」

座敷童は家に福をもたらす妖怪だから、その家に暮らしていれば、必然的にその福を貰えることになるらしい。

「だったら、みんな、この家に来ちゃうんじゃない？」

祈は感じた疑問を口にする。

「誰が来ようと、俺が受け入れるわけないだろ」

わけだ。

「二口女は？」

「家主のお前が呼んだからだ」

　つまりは受け入れたかったわけではないと、咲楽は暗に言っている。道理で、仲が悪そうに見える

「ごめんね」

　咲楽の許可も取らずに、勝手に決めたことを祈は初めて詫びた。

「お前の家だ。お前が好きにすればいい」

「今度からは、ちゃんと先に言う」

　祈なりの気遣いを見せると、咲楽は呆れて笑う。

「まだ妖怪を増やすつもりか？」

「それはわかんないけど……」

「好きにしろ」

　咲楽は呆れ口調だが、止めろとは言わなかった。

「妖怪にも男とか女とかあるの？」

「今更、どうした？」

「二口女とは仲が悪そうだけど、男女があるなら、妖怪も恋愛関係になったりするのかなって、思っ

たんだ」

咲楽も狐も二口女も、祈の周りにいる妖怪たちは、皆、人型だ。だから、つい、人間の基準で考えてしまうのだが、もしそんなことが起こりうるのなら、誰彼かまわず、家に招き入れるのは考えたほうがいいだろう。

「それを気にするのは、俺よりもお前だろ。何せ、初恋が妖怪の少女なんだからな」

「もうその話はいいよ」

恥ずかしさから咲楽を止めようとした祈だったが、ふとあることに気付いた。もし、咲楽が今も女性の人型をしてくれていたら、体を交えることにも抵抗が少なかったかもしれない。

「あのさ、妖怪退治の後のことなんだけど……」

「俺に女の人型になれって？」

「なんでわかるの？」

完全に心を読まれ、祈は驚いて問い返す。

「お前の考えそうなことくらい、簡単に予想がつく」

咲楽は馬鹿にしたように鼻で笑う。

祈が妖怪退治の後に、毎回、効果のない拒絶をしているのは、誰よりも当の本人である咲楽がよく知っている。体を交えるより他に方法はないのか。結局のところ、もう三度も経験してしまったが、恥ずかしさがなくなることはなく、慣れることもなかった。

「だってさ、そのほうが自然だよ」

祈は言い募るが、咲楽はとうとう噴き出した。

「何がおかしいの？」

「指一本、動かせない状況なのに、お前、どうやって勃《た》たせるつもりだ？」

「あ……」

根本的なことを指摘され、祈は言葉に詰まる。そもそも、祈が失った力を取り戻すための行為なのに、すっかりそれが頭から抜け落ちていた。

「それに、俺が女になったところで、童貞のお前じゃ、何もできないだろ」

「なんで、知ってるの？」

もちろんのことだが、わざわざそんな話を咲楽にした覚えはなかった。今現在、彼女がいないことは一目瞭然《りょうぜん》だとしても、過去の話までは咲楽にもわからないはずだ。

「お前の反応は、童貞そのものだ」

祈の疑問に、咲楽はあっさりと答えると、

「キスだって、ほとんど経験ないだろう？」

いきなり祈を押し倒した。そして、抵抗する隙《すき》を与えず、祈の腰に跨がって、祈の両手を畳に縫い付ける。

「ちょ……、何してんの？」

自分の置かれている状況が理解できず、祈は焦って問いかける。

「何って、お前の経験値を増やしてやろうかと思ってな。いつも、力が入らないからって、されるがままだろ」

「いいよ。そんな経験値なんかいらない」

祈は逃げようとするが、完全に体を抑え込まれていて、身動きが取れない。これでは、妖怪退治の後と同じだ。

「力をくれるためにするんでしょ？　そうじゃないなら、ただの……」

セックスにしかならないだろという言葉は、露骨すぎて、祈は口にはできなかった。だが、そんな躊躇《ちゅうちょ》も咲楽には通じない。

「だから、セックスのやり方を教えてやるって言ってるんだ」

そう言った咲楽の顔が近付いてくる。キスをされるのかと身構えたが、咲楽の唇は、祈の耳へと向かった。

「ひゃっ……」

耳に息を吹きかけられ、祈は上ずった声を上げ、体を竦ませる。

「力のないときじゃ、こんなふうに感じさせる余裕がないからな」

唇が耳朶に触れるほど近くで囁《ささや》かれ、無意識に腰が揺れる。

何故だろう。いつも以上に感じてしまう。体の力が抜けていないと、感覚が研ぎ澄まされるのか、たったこれだけのことで、中心が熱くなってきた。

「もうやめて……」

これくらいで感じてしまうことが恥ずかしくて、祈は涙目で咲楽に頼んだ。

「なら、女になって、お前の童貞を食ってやろうか？」

咲楽がそう言って思わせぶりな笑みを浮かべる。

「まさか……、さっちゃんは駄目だからね」

祈は嫌な予感を振り払うように、先に釘《くぎ》を刺す。

咲楽が人型の女性になった姿は、子供の頃のさっちゃんしか知らない。いくら中身が咲楽でも、子供にしか見えないさっちゃんに、こんなことはさせたくなかった。

「それじゃ、やっぱりこのままだな」

仕方がないとでも言いたげに、咲楽が祈のセーターを捲り上げようとしてきた。

「やだって……、ね、咲楽さんっ……」

祈は必死で抵抗するが、百パーセントの力でも、咲楽には全く通用しない。祈の両手は、咲楽の左手一本で難なく拘束されてしまう。

咲楽の冷たい手が祈の剝き出しになった腹に触れた瞬間だった。

「お前たちは昼間から何をしてるんだ」

不意に降りかかってきた声に顔を向けると、いつの間に来ていたのか、無表情の狐がそばに立って、二人を見下ろしていた。

「邪魔しやがって」

忌々しげに言った咲楽が動きを止めた隙を狙《ねら》い、祈は急いで咲楽の下から抜け出した。

「俺たちが何をしてようが、お前に関係ないだろ」

「妖怪退治をしたのなら、こっちにも一応、知らせて来い。あの人は自分が持ちかけたから、常にこいつのことを心配してるんだ」

「妖怪退治はしてねえよ」

祈を置き去りに会話を続ける咲楽と狐に、祈は驚いて口を挟む。

「ちょっと待って。どうして、妖怪退治をしたとか言い出すの？　もしかして……」

その先の言葉は躊躇われた。今の話の流れでは、狐も体力回復の方法を知っていることになる。つまり、何度、咲楽と体を交えたのか知られているということだ。これまで何も言われなかったから、誰も知らないだろうと勝手に思い込んでいた。

「私がどれだけ生きているると思ってるんだ。座敷童ごときが知っているものを、私が知らないはずがないだろう」

狐が不遜《ふそん》な態度で言い放つ。妖怪にランクがあるのかどうかは知らないが、狐が妖怪の中でもずば抜けて長生きらしいのは、今の物言いでなんとなくわかった。

「そのこと、三俣さんも知ってるのかな？」

「あの人には話してない。知る必要もないことだ」

狐が三俣のことを『あの人』と呼ぶとき、他の誰にも見せないような尊敬の念が感じられた。何をすれば、そこまで妖怪から信頼して貰えるのか。聞いてもきっと答えてはくれないだろうが、祈はそれが知りたかった。祈ではあり得ないことだからだ。

「だいたい、お前は何しに来たんだ？」

不機嫌さを隠しもせず、咲楽が狐に尋ねる。

「この前の謝礼を届けに来ただけだ」

「おっさんは？」

いつもなら、三俣が届けにきてくれるのにと、咲楽が抱いた疑問は、祈も同じだった。

「あの人はお前たちとは違う。本当ならこんなところに来ている暇はないんだ」

仏頂面の狐がそう言って、いつもの封筒を差し出してきた。

「文句があるなら、妖怪退治を持ち込むんじゃねえよ」

咲楽が狐から封筒を奪い取り、すぐに祈に手渡す。妖怪に金は必要ないから、毎回、中を見ようともしない。

祈は封筒を手にした瞬間、前とは違う厚みに驚いた。

「なんか、多くない？」

これまでの三回とも、謝礼は十万円だった。だから、それが相場というか、妖怪退治の代金なのだと祈は思っていたのだが、今回はどう少なく見積もっても、その倍はありそうだ。

「決まった金額があるわけじゃない。相手の気持ち次第だからな」

狐もまた封筒の中身になど興味がないのだろう。素っ気なく答えた。

「なんだか、妖怪に値段をつけられているようで嫌なんだけど……」

祈は小さな声で愚痴めいた呟きを漏らす。

被害を被っている人間がいて、放っておくと被害が広がると言われて、退治することに決めたのは祈だ。だが、どうしても妖怪を敵だとは思えず、親しかった妖怪たちのことを考えると、浄化させるのには躊躇いがでる。しなくていいなら、妖怪退治などしたくないと、今でも思っていた。だからこそ、謝礼を受け取ると、金で解決しているようで、嫌な気持ちになるのだ。

「嫌ならしなければいいだろう」

狐はまるで他人事のように言った。

「それじゃ、三俣さんが困らない？」

「こんなことを続けていたら、あの人に妖怪が憑りつきかねない」

狐は無然として答える。

妖怪退治の窓口が三俣だと知られれば、妖怪に恨まれることがあるかもしれない。狐はそのことも心配してるようだ。だからこそ、妖怪がいるこの家に来るときには、必ず同行するのだろう。

「自分だけが安全な場所にいようなんて、虫が良すぎるっての」

狐の言い分を咲楽が切り捨てる。

「それに、今更、もう遅いんじゃないのか？　お前がこうしている間にも、大事なあの人の周りを妖怪がうろついてるかもしれないぞ」

咲楽はきっと狐をわざと怒らせようとしているに違いない。挑発するような態度と言葉を投げつけた。

狐はムッとした顔をしつつも、咲楽の言葉で心配になったのか、無言で姿を消した。見えなくなっただけでなく、気配も感じられないから、本当にいなくなったようだ。

「咲楽さんは、どうしても、俺に妖怪退治をさせたいんだ？」

狐を追い払った態度から、祈はそうとしか思えなかった。祈の妖怪退治を邪魔させない。そんな咲楽の強い意志が感じられた。

「ろくでもない妖怪がのさばるようになったら、そのうち、嫌でも普通の人間たちにも気付かれる。そうなれば、お前の望む、妖怪との共存なんてできなくなるぞ」

今はまだ、妖怪を見ることのできる人間は、ごく僅かだ。それは妖怪たちが見えないようにしているからでもあった。

だが、人間に悪意を持つ妖怪や、理性を持たない妖怪は、そんなことなどお構いなしな行動を仕掛けてくるだろう。そうなれば、人間も本気で妖怪を排除しようとする。妖怪の善悪など関係なしに、全ての妖怪をだ。

「妖怪を受け入れられる人間のほうが稀だってことを、ちゃんと自覚しておけ」

「わかってる」

祈もそう思っているから、友人の浩輔にも妖怪の話は一度もしてこなかった。だが、こうして、咲楽たちと暮らしていると、つい忘れそうになるのだ。

「それと、妖怪贔屓《ひいき》もほどほどにしろ。いつか、それで身を滅ぼすぞ」

「でも、この家にいる限り、俺は不幸にはならないんだよね？」

だから大丈夫だと笑顔を見せた祈に、咲楽が珍しく反論の言葉をなくして、嫌そうに顔を顰めている。

座敷童に恋をした。

いつも言いくるめられてばかりだったから、初めて、咲楽を言い負かせた気がして、祈の笑顔はさらに広がった。

5

「やっぱり、別にアルバイトを探そうかな」

朝からずっと家にいた祈は、誰に言うとでなく、ぽつりと呟いた。

大学も本格的に休みに入った。四月になり、新年度が始まるまでは、この状況が続くとなると、さすがに考えずにはいられない。

「暇なのか？」

祈の独り言を聞きつけ、咲楽が尋ねる。

「暇もそうなんだけど、時間がもったいない気がして」

この家に来るまで、祈はほぼ毎日、アルバイトをしていた。今は妖怪退治の謝礼が高額なおかげで、金銭的にはアルバイトをする必要はないのだが、持って生まれた貧乏性というのか、何もせずにいるのが落ち着かないのだ。

「就活はどうするんだ？　もう始めてないと駄目な時期だろ？」

咲楽に問われて、祈はぷっと噴き出す。

「咲楽さんと話してると、咲楽さんが妖怪だってこと忘れそうになる」

外見が人間だからだけでなく、咲楽は会話の内容まで人間臭い。まさか、妖怪から、就職活動の心配をされるとは思わなかった。

「じいちゃんと同じ、公務員志望なんだ。だから、するんなら、就活じゃなくて、試験勉強だね」

「じゃ、勉強しろ」

「もしかして、バイトをするなって言ってる？」

咲楽の受け答えを聞いていると、そうとしか思えなかった。だが、同時に反対される理由もわからない。もう子供ではないのだし、この家に来るまではずっとしていたのだ。

「しないほうがいいだろう」

祈の疑問を咲楽は否定しなかった。

「どうして？」

「バイト先に妖怪が溢れるぞ」

「それ、咲楽さんのせいじゃない」

祈はムッとして言い返す。

日に日に、妖怪を目にする機会が増えているのは、祈も実感していた。けれど、近付いてくる妖怪はいないから、ついその事実を忘れそうになるのだ。そして、そうさせた原因は、祈に妖怪の匂いを染みつかせた咲楽にある。

「妖怪まみれの生活をするのが、お前の望みじゃなかったのか？」

かつての祈の言葉を蒸し返してきて、咲楽は自分を正当化する。祈が何か言い返そうと、口を開きかけたとき、

「バイトでも勉強でも、しばらく待っててちょうだい」

どこからか現れた二口女が、祈と咲楽の会話に、割って入ってきた。

「何かあったの？」

咲楽のいるときに、二口女が自ら進んで近づいてくるのは珍しい。祈は話を中断して、二口女に問いかけた。

「妖怪を一匹、やっつけてほしいの」

妖怪の口から妖怪退治を持ちかけられ、祈は意外さに一瞬、言葉をなくす。

「どういうことだ？」

祈の代わりに、咲楽が険しい顔で尋ねた。

「ちょっと来て」

その言葉は、祈たちにかけられたものではなく、二口女は縁側から外に向かって呼びかけた。

その呼びかけに応じて現れたのは、身の丈三十センチほどの狸《たぬき》だった。

「狸だけど、妖怪？」

感じる気配が、祈にただの狸ではないことを教えてくれているが、見た目は狸そのものだった。何

やら、ひどく怯《おび》えているように見える。

「この子は人間の言葉を喋れないから、代わりに言うけど、この子の住処に巨大な土蜘蛛《つちぐも》が現れて暴れてるの」

「それを退治しろって？」

ただ狸を見つめるだけの祈に代わり、咲楽が質問する。

「そういうこと。同じ山で暮らしてる妖怪たちが、かなりその土蜘蛛にやられて、この子は命からがら逃げてきたってわけ」

「弱い者が淘汰《とうた》されるのは自然の流れだ」

「だったら、妖怪退治なんかしてるんじゃないわよ」

咲楽と二口女が睨み合う。何も知らない人が見れば、男女の痴話喧嘩だ。だが、その間に飛び散る火花は、触れれば火傷《やけど》しそうに熱い。

「とりあえず、ちゃんと話を聞いてあげようよ」

祈は諍《いさか》いを止めようと、間に割って入る。

「話を聞いたところで、妖怪からの依頼なんて引き受けないぞ」

咲楽はそう言い捨てると、もう用は終わったとばかりに、縁側から立ち去った。絶対に依頼を引き受けないという意思表示のように、祈には思えた。

「偉そうに。実際に退治してるのは祈じゃないの」

二口女は咲楽の後ろ姿に不満をぶつける。

どうして、今回に限り、咲楽はまともに話すら聞こうとしないのか。違うのは、依頼してきたのが、人間の三俣ではなく、妖怪の二口女ということだが、依頼人が誰であれ、妖怪を退治することには変わりない。

「金が必要っていうなら、いくらでも手に入れられるのに」

二口女はまだ腹立ちが収まらないらしく、ぶつぶつと文句を言っている。

「俺が話を聞くから」

祈はまず二口女を宥めることにした。

「あの子だって、どうしていいかわからなくて、不安そうにしてるよ」

祈の視線の先には狸がいる。放っておかれたせいで、所在無げに黒い瞳をさ迷わせているのが、また余計に頼りなさを醸し出していた。

「そうだったわ。あんな奴にかまってる場合じゃなかった」

二口女は気を取り直したように、祈に向き直る。

「この近くに請願寺《せいがんじ》があるでしょう？」

「じいちゃんのお墓があるとこだ。それが？」

「その裏山が、この子たちの住処なの」

「知らなかった。あそこにも妖怪がいたんだ」

月に一度は必ず、墓参りに出向いているが、裏山にまでは足を踏み入れたことはなかった。さすがに距離があると祈程度の力では、妖気は感じ取れない。

「もちろん、妖怪だけじゃなくて、普通の動物もいたんだけど、かなりの数が、土蜘蛛に食べられたみたいね」

「蜘蛛って、狸を食べるの？」

祈はまず、そのことに驚いた。蜘蛛の妖怪を見たことがないからもあるが、今、目の前にいる狸を食べる大きさの蜘蛛が想像できない。

「その辺にいる蜘蛛と一緒にしないでよ。とはいっても、あんなに大きな土蜘蛛を見たのは初めてだけど」

「そんなに大きいんだ？」

「普通はあたしたちとそんなに変わらない大きさのはずなの。つまり、人間の大人くらいの大きさってことね。それが倍はあったんだから」

人間の大人の倍だと、少なく見積もっても、三メートル以上の大きさということになる。最初に退治した泥田坊よりは小さいが、蜘蛛だと考えると、桁《けた》違いの大きさだ。

「見たんだ？」

「見つからないように、遠巻きにだけどね」

誰ともつるまないような印象だったのが、どうやら、二口女は動物には優しいのかもしれない。もしくは、自分よりも小さいものに対して、母性のようなものが働くのだろうか。自分には関係のない場所なのに、咲楽と喧嘩してまで、なんとかしてやろうとするくらいだ。

「裏山じゃなきゃ、駄目なの？」

祈は狸に向かって問いかける。二口女のときのように、住処を変えることで解決するのなら、無用な妖怪退治をせずに済むからだ。

狸が小さな鳴き声を上げる。祈の言っていることは理解できるようだが、言葉で伝えることはできない。それを二口女が代弁する。

「この子はあの山しか知らないの。町では暮らせない子なのよ。あの山に戻りたいって、残ってる仲間を助けたいって言ってるわ」

二口女の言いたいことも、狸の言い分もわかった。

正直なところ、助けたいとは思う。だが、一方で咲楽の理屈もわかるのだ。野生動物と同じ、弱肉強食だと言うことなのだろう。今、仮にこの狸を助けたとして、別の妖怪、例えば、もっと小さなものが、狸を退治してほしいと言ってきたらどうするのか。両方が妖怪の場合、退治する基準をどうするのか。

そこまで考えて、咲楽は話を聞く前に断ろうとしていたに違いない。話を聞いてしまえば、きっと祈が同情して、肩入れすることが目に見えていたからだろう。

「一度、俺も自分で見てみたいな。それから、どうするのか決めるんじゃ、駄目？」

咲楽の思いがわかるから、祈は即答しなかった。けれど、無下に断ることもできなかった。下見はその妥協案でしかない。

「そうね。見てもらったほうが早いかも」

二口女がすぐに祈の提案を受け入れたのは、現実を見れば、祈の気持ちが動くと思っているからだろうか。

妖怪や動物を食らいつくすような妖怪なら、最初はまず、二口女がしたように、遠巻きに隠れて様子を窺うしかできなさそうだ。お札を貼り付けるにしても、相手を知らなければ、対策の立てようがない。

「すぐに行く？」

「お寺で待ってて。二人で一緒に出掛けたら、絶対に咲楽さんにばれるから。そうしたら、きっと出かけさせてもらえなくなる」

「了解」

さっきの咲楽の態度から、二口女も予想がついたらしく、こっそりと狸を連れて先に家から出ていった。

一人になった祈は、仏壇に目をやった。仏壇の下にある物入れには、お札を書く道具がしまってあるのだ。

今から退治に行くわけではないが、万が一に備えて、準備だけはしておいたほうがいいかもしれない。

祈は道具を取り出し、座卓に並べた。書き溜めておいたらどうだと、咲楽には言われているのだが、その都度、書かないと力がこもらない気がして、いつも妖怪退治に出かける直前に書くようにしていた。

座卓の前で正座し、深く息を吐いてから、筆を走らせる。悪筆は変わりなく、上達の兆しは見えないが、それでも妖怪には効果がある祈の文字が、白いお札に綴《つづ》られていく。それが乾く間に、道具はすぐに片づけた。咲楽にお札を書いたと気付かれないためにだ。

祈がその作業を終えても、咲楽は祈の前に姿を見せなかった。この時刻なら、食事の支度をしているのだろう。出かけるのなら今のうちだと、祈はお札をポケットに入れ、遅れながらも二口女たちの後を追った。

三俣が神主をしている神社とは、祈の家を中心にして、ちょうど反対側の位置に寺はあった。徒歩なら二十分はかかるところを、早足でどうにか十五分弱で到着した。

「こっちよ」

すぐに二口女が祈を呼び寄せる。

もう夕方近くになってくると、寺に人の影はなくなる。だから、普通の人間からは見えない二口女と会話している祈が、不審者に見られる心配もなかった。

「気配は感じてる？」

まだ山に立ち入らないうちから、二口女が尋ねてくる。

「うん。寺についたときから。この気配だよね？」

祈は迷いなく答えた。

強力な妖気は、嫌でも祈に妖怪の存在を意識させた。これまで感じた妖気の中でも、ずば抜けた強さだった。

「姿が見たいなら、さすがに山の中に入らないと無理だけど、祈は気付かれるかも」

「人間だから？」

「そういうこと」

つまり、近づくなら、浄化させるつもりで向かわないと無理だということだ。

「どうする？」

「今日のところは帰るよ。どれだけ強い妖怪かは、この妖気だけで充分、わかったから、ちゃんと計画を立てないと」

強い妖怪なら、それに合った対策が必要になる。今の状態で向かっていったところで、退治はおろか、祈の身が危ないのは明らかだ。

「そうね。あたしも土蜘蛛がどれだけ手強いかをわかって貰いたかったのよ」

二口女があっさりと引き下がったのは、祈だけでは土蜘蛛に勝てないことがわかっていたからだろう。それでも連れてきたのは、祈に緊迫感を与えることが目的だったに違いない。

「咲楽さんに相談してみる」

「また反対されるだけじゃないの？」

「でも、俺一人じゃ……」

「狐は？」

二口女も何度か狐に会っているから、そう言い出すのも無理はない。さっきの咲楽の態度では、到底、協力は得られないと思っているのだろう。

「咲楽さんより、もっと難しいと思うけど……」

妖怪退治の手伝いも、いつも狐は嫌そうな顔をしている。三俣に頼まれていなければ、手を貸したくないのは明らかだった。だから、狐を動かすとなれば、三俣を通さなければならないのだが、はたして、依頼人が妖怪でも話を聞いてくれるのだろうか。

祈はどちらにしても、簡単にはいかなさそうだと深い溜め息を吐いた。


二口女と別れ、祈は一人で帰宅した。一緒だと土蜘蛛を見に行ったことがばれる恐れがあると、二口女が言い出して、時間をずらして帰ることにしたのだ。

「お前も出かけてたんだな」

咲楽が祈を出迎える。

「ちょっとね。咲楽さんはどこに行ってたの？」

「野暮用だ」

「妖怪なのに、言うことが人間臭い。っていうか、おじさんみたいなんだけど」

「うるせえな。じいさんと暮らしてたら、こうなるもんだ」

咲楽の態度はいつもと変わらない。さっきの不機嫌さはなくなっていて、これなら話を出しやすい。

祈は思い切って切り出した。

「さっきの話なんだけど、どうしても、駄目かな？」

「駄目だな」

考える素振りも見せず、咲楽は再び、却下する。

「どうして？」

「相手が悪すぎる」

「俺の力じゃ、敵《かな》わないってこと？」

問いかけに、咲楽がそうだと頷く。

「土蜘蛛のことを知ってたんだ？」

「何でも知ってるお狐様に聞いてきたんだよ」

二口女と話しているうちに、咲楽がいなくなったのは、妖怪の正体を狐に聞きに言っていたからだった。

「だからこそ、そんなに凶悪な妖怪を野放しにしてちゃ、駄目だと思うんだけど……」

「今のところ、山からは出てきてないだろ？　それに人間に害も加えてない」

咲楽の言っていることは間違いではない。確かに、そのとおりでも、簡単に引き下がるわけにはいかなかった。

「それじゃ、人間に被害が及ぶまで、そのままってこと？」

「いや、妖怪退治の依頼が入るまでだ」

「そんな……」

咲楽の冷たい態度に、祈は言葉を失う。

「それまでは、しょぼい妖怪を相手にして、力をつけろ」

これで話は終わりだと、腰を上げる。

やはり、咲楽の説得は簡単にはいかなさそうだ。かといって、土蜘蛛の強さを知っている狐が、手を貸してくれるとも思えない。

どこかに力を貸してくれる妖怪はいないのか。二口女も隠れて様子を見るくらいだから、到底、敵わないだろうし、逃げ出した狸は言うに及ばない。最近は妖怪をよく目にするようになったが、土蜘蛛ほどの妖力を感じたことはなかった。

祈の視線は自然と仏壇に向かった。こんなとき、祖父ならどうしただろうか。

「そうだ」

閃《ひらめ》きが祈を立ち上がらせる。

「ちょっと出かけてくる」

「今、帰ってきたばかりだろ?」

庭にいた咲楽が不思議そうに尋ねてくる。

「用があったのを忘れてたんだ」

曖昧な言い方で誤魔化し、それ以上の追及を逃れるため、急いで家を飛び出した。行先は三俣のいる神社だ。祖父のことをよく知っている三俣なら、何かいいアドバイスを貰えるかもしれないと、祈は考えた。

三俣の神社までは、普通に歩けば十五分ほどかかるが、急く気持ちが祈の足を速めた。十分とかからず、鳥居が見えてきた。

「おや、どうされました？」

息を切らせながら顔を見せた祈に、三俣は僅かだが、驚いたように眉根《まゆね》を上げた。寺には墓参りのために足を運ぶことはあっても、神社にはなかなか用がない。それに、妖怪退治絡みの話では、常に三俣から訪ねてきてくれている。

「少しお聞きしたいことがあって……」

そう言ってから、祈は自然と狐の姿を探した。だが、常に寄り添っていると思ったのに、三俣のそばに狐がいない。

「狐にも用が？」

祈の視線で、狐の存在を探しているのがわかったのだろう。三俣が尋ねてきた。

「できれば、一緒に話を聞いてほしいんです」

「そうですか」

小さく頷いた三俣が、すっと視線を空へと向けた。

狐の気配を探しているのかと思ったが、そうではなかった。三俣の唇が小さく動く。

「狐」

呼びかけ声は、囁き程度の大きさで、この場にいなければ聞こえないはずだ。けれど、どこにいても狐には届くと、三俣は確信しているらしい。

「これですぐに戻ってくるでしょう。先に中へ入っていましょう」

「あ、はい」

三俣がそう言うのなら、祈は従うだけだ。

三俣に先導され、祈は初めて、神社の奥へと進む。建物自体は何度か建て替えはしてあるそうだが、江戸時代からあるというだけあって、何か厳かな雰囲気が漂っている。祈の背筋は、自然と伸びた。

本殿の奥に、三俣の住居があり、祈はそこに案内された。

「狐もすぐに来ますから、その間にお茶でも入れましょう。いつも咲楽さんにもてなしてもらっていますからね」

三俣がそそくさと台所に向かった途端、どこにいたのか、狐がすっと姿を見せた。

「何しに来た？」

三俣には聞こえない声で、狐が直接、問いかけてくる。

「相談だよ。俺だけじゃ、答えが出ないんだ」

祈は正直に答える。

「厄介ごとは持ち込むな」

まだどんな相談なのかも言っていないのに、狐は先に釘を刺してきた。妖怪絡みであることは間違いないからだろう。

「もう来ましたか？」

盆に茶を乗せて戻ってきた三俣が、祈が狐と話している声を聞きつけ、そう問いかけた。何も知らない人間が見れば、祈が独り言を言っているだけだが、狐の気配がわかる三俣には、伝わった。

「はい。三俣さんが呼んでくれたんですか？」

タイミングのよさからそうとしか思えなかったのだが、三俣は小さく笑って、首を横に振る。

「来てほしいなと思えば、そばに来てくれるんです。どうやら、この子は私の心が読めるようですよ」

「そうなの？」

三俣の言葉の真偽を、祈は小声で狐本人に尋ねた。

「そうじゃない。私が常に動向を探っているからだ」

「それ、伝えていいこと？」

祈はさらに小声で問いかけた。狐の意思に反することなら、黙っているつもりだった。

「好きにすればいい」

狐が投げやりなふうに答える。

「内緒話ですか？」

三俣からは祈が宙に向かって話しているようにしか見えないはずだが、狐の気配がわかるというから、そう判断したのだろう。

「うちに来た妖怪の話をしてました」

「そうですか。それは私にはわかりませんからね」

狐と内緒話をするのも仕方のないことだと、三俣は納得して、祈に座卓前の座布団に坐るよう勧めてきた。

「それで、お話というのは？」

腰を下ろした祈の向かいに座った三俣が、早速、用件を尋ねる。

「じいちゃんのことを聞きたくて……」

「急にどうしました？」

「じいちゃんでも敵わない妖怪っていうか、強い妖怪を退治しなきゃいけないときって、なかったですか？」

「どうでしょう？」

祈の質問に、三俣が首を傾げる。

「私は妖怪退治の依頼をするだけで、その経緯は知りません。見えませんからね。だから、亘保さんも私には詳細を話さなかったのでしょう。いつも終わったという報告だけでした」

「そうなんですか……」

祖父を参考にしようと思ったのに、いきなり出鼻を挫かれたようなものだ。肩を落とした祈の様子に、

「強い妖怪に遭ったんですね？」

「これまでとはレベルが違うっていうか、妖気がとんでもないんです」

「けれど、その妖怪を退治したいと？」

重ねて問われ、祈は頷く。

「じいちゃんなら、こういうときどうしたのか、知りたかったんですけど……」

「咲楽さんならご存じなのでは？」

「手に負えないからやめろって。だから、聞いたって教えてくれないと思います」

「咲楽さんがそういうなら、相当な強さの妖怪なのでしょうね」

三俣の口ぶりから、咲楽を信頼していることが伝わってくる。

「それは、土蜘蛛のことか？」

三俣の隣にいた狐が、不意に口を挟んできた。

「知ってるの？」

「この町に、私の知らない妖怪はいない」

「それなのに、放っておいたんだ？」

「あいつは山から出てこないからな」

だから、自分たちとは関係ないと言いたげな狐に、祈は不満を露わにした。

「山で暮らしている他の妖怪や、動物たちが被害に遭ってるんだよ？」

「弱いものが淘汰されるのは自然の摂理だ」

「咲楽さんと同じこと言うんだね」

咲楽と同等にされたことが不快だったらしく、狐は顔を顰める。

「餌《えさ》があるうちは、土蜘蛛はあの山から離れない。嫌なら、あの山から逃げ出せばいいだけだ」

「逃げるしかないってこと？」

「それも生き延びる手段だ」

狐の態度はそっけない。おそらく、三俣に被害が及ばなければ、指一本たりとも、動かしはしないだろう。その点、まだ咲楽のほうが、人間全体の被害を考えているだけマシなのだろうか。

「お前にも言えることだ。無謀な戦いはやめろ。お前では、到底、敵わない」

咲楽に続き、狐にも力不足を指摘される。だが、祈以上の力を持っていれば、退治できるということとだ。

「どうやら、その強い妖怪とやらを、うちの子も知っているようですね」

「はい。俺では勝てないと言われました」

「では、私も止めるしかなさそうです」

三俣は会話の詳細も聞かずに、きっぱりと言い切った。

「うちの子は、私が言うのもなんですが、過保護なくらい、あらゆるものから私を守ろうとしてくれています。あなたに何かあれば、妖怪退治を勧めた私が責任を感じる。それを危惧《きぐ》しているのでしょう」

「だから、敵わない相手だというのは、確かだってことですか？」

「それは間違いないはずです」

見えていないのに、狐への三俣の信頼は揺るがない。嫉妬《しっと》さえ覚えるくらいの二人の繋がりに、祈は自分と咲楽のことを思い返す。はたして、咲楽はそこまで自分を思ってくれているのだろうか。そして、祈自身もまた、咲楽に完全なる信頼を寄せているのか。

「どうしました？」

祈の表情が暗く沈んだことに、三俣がすぐに気付いた。

「あ、いえ、どうしようかなって……」

「どうしようも何も、今回は諦《あきら》めるしかないと思いますよ」

三俣は祈の身を心配して言ってくれていることはわかっている。だからといって、狸たちを見捨てたくはなかった。

「何か別の方法がないか考えてみます」

そう答えた祈を、狐が呆れたような顔で見ていた。無駄なことだと思っているに違いない。

まだ何か言いたげな三俣に礼を言って、祈は早々にその場を立ち去った。祈の目的は三俣に賛成して貰うことではないし、しつこくして、咲楽に進言されても厄介だ。祈が勝手な行動をしないよう、咲楽が見張りでもしかねない。

祈は本殿を通り過ぎてから、ふと思いついて、建物の裏側に回ってみた。ここも寺と同じように、山を背にしている。この山なら、狸たちが移住できるのではないか。土蜘蛛を浄化させることができないのなら、せめて、移住先を見つけてやりたかった。

「そうか。こっちのほうが小さいんだ」

山に足を踏み入れた祈は、すぐに違いに気づく。同じように山を背にしていても、山のふもとにある寺と、山の中腹にある神社とでは、自然のままで残されている部分の広さが違う。これでは向こうの山にいる妖怪や動物たちをそのまま移住させるのは難しそうだ。

できるなら、近くのほうがいいのだが、この辺りではこれ以上に大きな山はない。それに、違う場所に移ったとしても、そこにも元から暮らしている動物たちがいるのだ。簡単に共存はできないだろう。

どうすればいいのか。祈の思考はまた息詰まる。

そんなとき、祈の目の前に、一羽の鳥が降り立った。

大きさはカラスと鳩《はと》の中間くらいで、全体が白い毛で覆われている。大きめの鳩といったところだ。だが、鳩とは確実に違うのは、その手だ。まるで人間のような手が、鳥の体にくっついていた。

「君はなんて妖怪？」

祈に気付いても逃げようとしない、その妖怪に、祈は思い切って問いかけてみた。けれど、返ってきたのは鳥の鳴き声だった。

狸もそうだが、全ての妖怪が、言葉を話せるわけではない。間に別の妖怪を介さないと、正しい意志の疎通は図れないのだ。

「俺の言ってることはわかる？」

その問いかけに答えるように、鳥は鳴き声を上げる。わかっていなければ、反応は示さないはずだから、少なくとも、人間の言葉は通じるようだ。

「この山には他にも妖怪はいるの？」

祈が続けた質問に、さっきまでと違う喉《のど》を鳴らすような小さな声で鳴いた。

つまり、この山にいる妖怪は、この鳥だけということになる。土蜘蛛が居着いてしまった山には、狸は仲間とともに暮らしていると言っていた。妖怪が寂しさを感じるのかどうかは知らないが、少なくとも、この鳥は寂しさから祈に近付いてきたのではないのか。

どうして、山に一人きりなのかは、鳥の言葉を理解する必要がある。二口女に頼めば、通訳はして貰えるだろう。そのためには、鳥を連れて帰らなければならない。

「うちに来れば、妖怪がいるよ？　来る？」

祈が誘うと、鳥は嬉しげに一声鳴いて、飛び上がり、祈の方へと降り立つ。

祈にとって、初対面でこんなに妖怪が親近感を持って寄ってきてくれたのは初めてだ。しかも、嬉しそうに頬《ほお》にすりすりと顔を撫で付けてきて、つい表情が緩む。力をつけてきたかどうかはともかくとして、少しずつだが、昔の祖父に近づいているような気がして嬉しかった。

「俺がいいって言うまで、黙っててね」

家に入る直前、祈は鳥に念を押す。また咲楽に余計なことをしてと、怒られるのが嫌だったのだ。

だから、先に鳥が咲楽に情報を与えることは避けたかった。

「また妖怪を連れてきたのか？」

玄関に入った瞬間、まるで待っていたかのように、そこに立っていた咲楽が、呆れ顔で祈を出迎えた。

「駄目？」

「お前の家だからな。好きにすればいい」

咲楽の答えは、二口女を呼んだときと同じだった。心から賛成しているわけではないが、祈の意思を尊重してくれているのだと、前はそう思ったのに、何故だか、今は突き放されたように感じる。きっと、三俣と狐の信頼関係を目の当たりにしたばかりのせいだ。

「今の座敷童とね、二口女もいるんだけど、出かけてるみたい。戻ってきたら、紹介するね」

祈は鳥にそう言ってから、家の中を進んでいく。

これまで、妖怪たちと触れ合ってわかったことだが、妖怪同士は、同じような言葉を発していなくても、意思の疎通ができるらしい。人間である祈には、違う言葉や鳴き声のようにしか聞こえなくても、妖怪同士なら、その音に含まれる意味が伝わるようだ。

だから、咲楽も鳥の言葉はわかるはずだが、咲楽に通訳は頼めなかった。山に住む妖怪を連れてきたということで、土蜘蛛のことを調べているのがばれるに違いないからだ。

山で暮らしていたのなら、できるだけ自然に近いほうがいいだろうと、まずは鳥を庭へと連れて行った。

「狭いけど、ここはどうかな？」

新しい住処として、庭を鳥に指し示す。

ずっと祈の肩にいた鳥が、緑につられたのか、桜の木へと移動した。そして、嬉しげな鳴き声を上げる。

「よかった。気に入ってくれたみたいだね」

祈がほっと胸を撫でおろしていると、

「あら、新しい子を連れてきたの？」

狸と一緒に帰ってきた二口女が、目ざとく桜の木に止まる鳥に気付いた。

「今日、知り合ったんだ。なんていう妖怪か知ってる？」

「さあ。あたしも初めてみるわ。ま、妖怪なんて、日々、新しくできてるから、知らなくても不思議はないんだけど」

「そうなの？」

祈は驚きを隠せなかった。妖怪は昔からいるものだから、その種類も決まっているのだと、勝手に思い込んでいたのだ。

「何がきっかけで妖怪になるかなんて、誰にもわからないのよ。少なくとも、あたしは元は人間だったし、その頃の記憶も残ってる」

一瞬だが、二口女が寂しそうな顔を見せた。だから、それ以上は追及できなかった。妖怪にならざるを得なかった理由をだ。

「この子だってそうよ。ただの狸だったのに、なんの因果か、妖怪になった挙句、土蜘蛛の食糧にされようとしてるんだから」

二口女の台詞を受け、狸が悲しそうに肩を落とす。もちろん、動物そのものの外見だから、そう見えるだけなのだが、狸が自らの境遇を憂えているのは間違いなさそうだ。

やはり、土蜘蛛をどうにかするしかない。祈は覚悟を新たにした。その表情に、鳥が何か悟ったのか、心配したように近付いてきて、再び、祈の肩に止まる。

「この子がもっと大きければね、土蜘蛛を食べてもらえるのに」

「鳥が蜘蛛を食べるの？」

「鳥の主食は木の実か虫じゃない。蜘蛛を食べる鳥だっているわよ」

「そっか、そうだよね」

大きさや妖気の強さに圧倒されていたが、どうして、弱点を考えようとはしなかったのか。もちろん、この鳥に土蜘蛛を食べて貰おうとは、いくら祈でも思ってはいない。仮に蜘蛛が鳥を苦手にしていたとしても、大きさがあまりに違いすぎる。

だが、ヒントになった。空からの攻撃なら、土蜘蛛も避けられないのではないか。祈を持ち上げたまま飛ぶことのできる妖怪がいれば、空中からお札を貼ることができるかもしれない。

「大きな鳥の妖怪っていないかな」

祈は二口女たちに尋ねた。

「本気で土蜘蛛を食べられそうな妖怪を探すつもり？」

「そうじゃなくて、俺を持ち上げてほしいだけなんだけど」

祈はそう言ってから、思いついたばかりの作戦を口にした。

「そういうことね」

二口女は納得したように頷くと、記憶を辿るように目を細めた。

「ジャンプできるとか、浮き上がるだけっていうなら、鳥じゃなくてもいるんだけど……。ほら、狐だってそうでしょう？」

「狐も飛べるんじゃないの？」

初めて妖怪退治をしたとき、狐に抱えられて飛び上がったことを祈は思い出す。

「あれは、飛んでるんじゃなくて、ジャンプ力が並はずれてるだけよ」

二口女が冷静に説明した。

「でも、そのジャンプ力は使えるじゃない。狐に頼んでみれば？」

「もう断られた。俺には無理だって」

「お狐さまにも無理だって言われてるのね」

これは厄介だと、二口女も頭を捻る。狐は妖怪の世界では有名なのか、二口女の態度も、咲楽に対するものとは違っているように感じる。

祈と二口女が、どうしたものかと頭を悩ませていると、肩に乗っていた鳥が、祈に対して訴えるように鳴きだした。

「どうしたの？」

祈が問いかけると、鳥は答えるようにまた鳴き声を上げる。

「飛びたいなら、自分が飛ばせてあげるって言ってるわ」

「えっと、ホントに？」

いくら祈が細身でも、この小さな鳥が持ち上げられるとは到底、思えない。だが、鳥は行動でそれを証明した。

「うわっ、ちょっと……」

不意に体が浮き上がり、祈は焦った声を上げる。首の後ろを吊《っ》り上げられているような感覚に振り返ると、鳥の手が襟を掴んでいた。

「わかった。わかったから」

祈の必死の訴えに、鳥が手を放す。

浮き上がっていたのは、ほんの数センチだったらしく、地面に降り立つ衝撃は少なかった。

「これでなんとかなるんじゃない？」

「なるかな？」

楽観的な二口女に、祈は疑問を挟む。

「ちょっと浮いただけじゃ、駄目なんだよ？　相手に身構える隙を与えないくらい、素早く飛んで移動するんだから」

「今は急だったし、準備もしてなかったから、服の襟を掴むしかなかったわけでしょう？　今のを見てる限り、ちゃんと持ちやすい取っ手でも作ってあげたら、大丈夫だと思うわよ」

確かに、祈を持ち上げるのは、ほんの数秒でいいのだ。むしろ、それ以上の時間をかければ、土蜘蛛に気付かれて攻撃されてしまう。

「仕方がないから、囮《おとり》役は引き受けてあげるわよ」

「危ないよ」

「一番、危ないことをさせるのに、退治を頼んだあたしが安全なところにいるっていうのもね。あんたに何かあったら、寝覚めが悪いし」

二口女の妖怪らしからぬ台詞に、祈はふっと口元を緩める。

「危ないと思ったら、すぐに逃げてね」

「言われなくても、そうするわ。自分の身が何より大事だから」

堂々と言い切る二口女に、祈は堪え切れずに噴き出した。

だが、これで作戦は決まった。後は決行するだけだ。祈は初めて咲楽に無断で妖怪退治を行おうとしていることに、心細さとうしろめたさを覚えずにはいられなかった。

6

いかにして、咲楽に気付かれることなく、夜に外出するか。それが、最大の難問だった。

この家に引っ越してきて以来、アルバイトもしていないし、飲み会に参加もしていないから、夜に出かけることがめっきりなくなった。

それでも、早く土蜘蛛を退治しないと、狸の仲間たちがみんな、やられてしまう。だから、祈はやる気が萎えないようにと、作戦を立てた翌日を決行日だと決めたのだが、夕方になっても、上手い言い訳は思いつかなかった。

「さっきから、なんだ？」

夕食の途中で、咲楽が呆れたように溜め息を吐いてから、祈に尋ねてきた。

「なんだって、何が？」

「ずっと俺の顔ばかり見てる。言いたいことがあるなら、早く言え」

「別に言いたいことなんて……」

せっかく咲楽が話を振ってくれたのに、祈は言えなかった。ただ、出かけると言えばいいだけのことだ。どこに行くのか聞かれても、正直に答える必要はない。それなのに、嘘を吐くことへの後ろめたさが、祈の口を重くする。

「いいんだな？　明日まで帰らないから、話をするなら今しかないぞ」

「出かけるの？」

思いがけず、咲楽のほうから家を抜け出るチャンスを与えてくれた。声が弾みそうになるのを堪え、祈は問いかける。

「おっさんに通訳を頼まれた」

「三俣さん？」

咲楽がそうだと頷く。

「帰るのは明日の朝？」

「ああ。早くてそれくらいだ」

咲楽が面倒《めんどう》くさそうに答える。咲楽にとって、三俣は祈以外に妖怪であることを隠さずに付き合えている人間だ。自分を偽らなくてもいいのは、咲楽も楽に違いない。だから、面倒でも頼みごとを引き受けるのだろう。

「ちゃんと戸締りして、早く寝ろよ」

咲楽は子供に言い聞かせるように言うと、腰を上げた。

「片づけは頼んだ」

「わかった。いってらっしゃい」

祈はできるだけいつもどおりを装い、咲楽を見送った。

「上手い具合に出かけてくれたわね」

隠れて様子を窺っていた二口女が、咲楽の外出とともに姿を見せる。同じ家で暮らしているのだが、二口女は咲楽がいるとどこかに行ってしまうから、結局は咲楽と二人暮らしのようなものだ。どうしても、咲楽を好きになれないらしい。そして、鳥もまた一緒に入ってきて、定位置のように祈の肩に止まった。

「神様が、今日、やりなさいって言ってくれてるんだよ」

「神様ねえ」

二口女が馬鹿にしたように鼻で笑う。

「妖怪は神様とか関係ないんだっけ？」

「っていうか、人間が言ってる神様も妖怪だから」

「嘘？　ホントに？」

すぐには信じられず、祈は驚きを露わに尋ねた。

「人間にとって、いいことをしてくれる妖怪を神扱いしてるだけよ。人間が勝手にね」

「そんな簡単に言われても……」

祈が本気で神様の存在を信じているかと言われると微妙なところだが、神様は崇《あが》め奉るものとして思い込んで育ってきた。その正体が妖怪だと言われて、すんなりとは納得できない。

「実際に、神様を見た人間なんていないでしょう？」

「そりゃ、そうだけどさ」

根拠のない祈の思い込みよりも、二口女の言葉のほうが、遥かに説得力があった。

「それじゃ、神頼みは無駄ってこと？」

「少なくとも、正体のわからない妖怪に頼んでも無駄じゃない？　そんなことをするくらいなら、あいつに頼んだほうが早いわ」

「あいつって、咲楽さん？」

「そう。あいつも一応は福をもたらすわけだしね。何かしらのご利益はあるんじゃないの」

二口女に言われて、祈はこの家に来てからのことを思い出してみた。座敷童の恩恵に与ったかどうかをだ。

高額な報酬の妖怪退治のおかげで、アルバイトをしなくてよくなったのも、いいことの一つに挙げられるかもしれない。それに、少しずつだが、この家に集まる妖怪が増えている。憧《あこが》れだった祖父の生活に近付いているとも言えるだろう。それも祈にとっては、いいことだ。

それらが咲楽のおかげだとしたら、今から祈がしようとしていることは、咲楽の恩に背くことになるのではないか。

「今日のことがばれたら、絶対に咲楽さん、怒るよね？」

「大丈夫。上手く退治できたら、祈のことを見直すだろうし、失敗したら、命はないだろうから、怒られる心配はいらない」

「怖いこと、言わないでよ」

「脅してるつもりはないわ。それくらいの覚悟をしてなさいってこと」

二口女の真剣な表情に気圧《けお》され、祈は生唾《なまつば》を飲み込む。

「覚悟はしてるつもり」

「なら、いいけど」

「でも、本当に危なくなったら、二口女は逃げてね。鳥もだよ」

祈は肩にいる鳥にも顔を向けた。

「あら、あたしたちの心配をしてくれるの？」

「だって、被害は少ないほうがいいしね」

「祈を置いて逃げ出したら、後であいつに殺されそうなんだけど」

まんざら冗談でもなさそうな口調で、二口女が顔を顰める。

「今から、失敗したときの話なんてやめようよ。縁起が悪いもん」

「いいこと言うじゃない」

険しかった二口女の表情が緩む。

「そろそろ行こうか。予定が狂って、咲楽さんが帰ってこないとも限らないし」

「そうね」

二口女が深い息を吐いてから、腰を上げた。

これから向かうのは、決して簡単ではない妖怪退治だ。計画の段階ですら、どうにかなるかもしれないという程度の勝率で、勝負を挑まなければならない。自然と行動が遅くなっても、責められることではないだろう。

祈はこのときのために準備した持ち手を取り付けたコートを羽織る。鳥の手でも摑みやすく、かつ、祈の体重を支えられる強度のある縄を頑丈に縫い付けたものだ。

「ちゃんとお札は持った？」

二口女に確認され、当然だと祈は頷く。

「昼のうちに、書いておいたから」

ほらとコートのポケットから取り出して見せる。昼過ぎに咲楽が買い物に出かけた隙に、書き上げた。

「前にも書いたんじゃなかった？」

二口女の記憶は、土蜘蛛を下見に行ったときのことだ。念のためにと持っていったのを覚えていたようだ。

「新しいほうが効果がありそうじゃない？」

「気休めにしか聞こえないけど、祈がそう思うなら、それでいいと思うわ」

これで準備は整った。後は土蜘蛛のいる寺の裏山へと行くだけだ。

祈の緊張感は極限にまで高まっていた。これまでは咲楽がいてくれた。咲楽の存在が祈を落ち着かせてくれていたのだと、今になって祈は思い知る。

それでも、やるしかない。祈は決意を固めるように、瞼《まぶた》をきつく閉じ、ポケットの中のお札を握り締めた。


月明かりさえない、暗闇《くらやみ》と静寂に包まれた山の中に、祈は一歩ずつ足を進める。土を踏みしめる自分の足音がやけに大きく響く。

土蜘蛛の妖気は、山に入った瞬間から気付いていた。足を踏み出すたびに強くなる妖気が、否応《いやおう》にも緊張感を高めていく。隣を歩く二口女の顔からも、一切の余裕はなくなっていた。それが証拠に普段は饒舌《じょうぜつ》なのに、山に近付いたときから、一切、口を開かない。

けれど、今更、引き返すわけにはいかない。仮に、この山から土蜘蛛以外の全ての妖怪や生き物が逃げ出したとしても、また別の山が土蜘蛛の被害に遭うだけだ。だから、どうしても、土蜘蛛を浄化しなければならない。

大丈夫、お札を貼り付けるだけのことだ。

祈は自分自身に言い聞かせ、恐怖心を押し殺した振りをしていた。ここで祈が臆病《おくびょう》な態度を見せれば、二口女や鳥にもそれが伝染してしまう。

最初に気付いたのは、二口女だった。

足を止め、動かなくなった二口女を祈は振り返る。どうしたのかと問いかけるまでもなく、一点を見つめたままの二口女の瞳が、祈に答えを教えてくれた。

瞳の中に大きな影が映っていた。だが、その正体を自分の目で確認する前に、祈の体は宙に浮かんだ。

「いのっ……」

引き留めようと、祈の名を呼びかけた二口女の体が、蜘蛛の足に弾《はじ》き飛ばされる。その間にも祈の体がさらに高く浮き上がり、木よりも高くなっていた。

祈の両腕は半透明の糸のようなもので体に縛りつけられていて、自由を奪われた状態になっていた。よくよく見ると、巨大な蜘蛛の巣にからめとられているらしいとわかる。それでも、まだ首は動かせるから、肩に止まっていたはずの鳥を探した。

「……っ……」

見つけ出した鳥の姿が、祈から言葉を奪う。

おそらく二口女が飛ばされたときに、鳥も巻き添えを食らったのだろう。小さな体にはその衝撃は大きすぎた。地面に打ち付けられた状態で、身動きもせずにいる。

気配には充分に注意を払っていたつもりだったのに、接近してきたことに、祈だけでなく、二口女も鳥も気付けなかった。それに、あんなに大きな体の土蜘蛛が、そんなに俊敏な動きを見せるとは予想もしていなかった。

咲楽の言うとおりだった。まるで歯が立たないどころか、勝負にすらならない。これだけの力の差があることを、咲楽はわかった上で、祈を止めたのだ。

これまでも咲楽や狐の力を借りて、ようやく浄化させることができていたのに、何を勘違いしてしまったのか。

だが、今更、そんな後悔など、何の役にも立たない。二口女たちを助けるどころか、祈自身、動くこともできないのだ。

「お前、人間のくせに妖怪の匂いをぷんぷんとさせてるな」

その声が、最初、土蜘蛛から発せられたものだとは、祈はすぐにはわからなかった。宙に浮いた祈の体と、土蜘蛛本体との距離はおよそ三メートル。それだけ離れた場所から聞こえたようには思えず、また、頭の中に直接、響いたようにも感じたせいだ。

祈は土蜘蛛の顔の辺りに視線を向けるが、その口は言葉を紡ぐようには見えない。だが、言葉ははっきりと祈に届いた。

これまで、祈はいろんな妖怪を見てきた。だが、見ただけで寒気を感じて鳥肌が立ったのは、これが初めてだった。

「そうか。お前、妖怪とまぐわってるのか」

頭の中に響く声で、下卑《げび》た笑いを含んでいる。そして、土蜘蛛の大きな目が、祈を嘗《な》め回すように見つめている。

咲楽と体を交えたことで、妖怪の匂いがするようになったとは、以前にも言われていたことだから、驚きはない。ただ、前回と違うのは、土蜘蛛の声には明らかに性的な意味で揶揄するような響きがあることだ。

咲楽が祈を抱くのは、力を取り戻させるためで、決して性的なものではない。だから、妖怪から自分が性的な意味での対象になり得るとは、祈はこの瞬間まで思ってもいなかった。

「どうせ、お前らは俺の餌だ。その前に味見といくか」

舌なめずりした土蜘蛛が、最後尾の二本の足で立ち上がり、最前列の二本の手を祈に向けて伸ばしてきた。

昆虫の蜘蛛がそのまま大きくなったかのような手には、無数の白い毛が生えている。その毛が祈の首筋に当たった。

「……っ……」

かつて経験したことのない、言いようのないおぞましい感覚が、祈の身を竦ませる。

けれど、逃れることはできなかった。ただの蜘蛛の糸なら、簡単に切れる。そもそも、人間の体を持ち上げることすらできないはずだ。だが、土蜘蛛の糸はまるで頑丈な凧糸《たこいと》のようで、祈が体をひねるくらいでは、びくともしない。

「やっ……」

コートの中に侵入してきた土蜘蛛の手が、勢いよく外へと引っ張られ、ボタンを全て弾け飛ばす。

「人間ってのは、どうして、こうも邪魔なものを纏うんだ。不味《まず》くて食えたもんじゃない」

忌々しげな声の後、祈の体を覆っていた服が、土蜘蛛の手によって、ほうぼうに引きちぎられていく。土蜘蛛にとっては、果物の皮を剝くようなものなのだろう。欲しいのは中の果実だけだと、荒々しく乱暴に剝いていった。

祈が月明かりの下に裸身を晒すまで、おそらく一分とかからなかったはずだ。人間の力では到底できないくらいの早業で、祈の服は全て小さな布切れとなってしまった。この様子では、ポケットに入れていたお札も、もはや原型を留《とど》めていないだろう。つまり、祈にはもう土蜘蛛に立ち向かう手段は残っていないということだ。

「お前とまぐわってる妖怪は、どうやって、お前に力を注ぎ込む？」

土蜘蛛の問いかけの意味が、祈には理解できなかった。だが、続く言葉が、その意味を明確に、祈に教えた。

「まあいい。全ての穴を確かめればいいだけだ」

その言葉の後、土蜘蛛が自ら張った蜘蛛の巣を這《は》い上がり、祈に接近してきた。

蜘蛛は空を飛べなくても、こうして宙を移動することができたのだと、祈は今になって思い出した。いかに、最初の計画が穴だらけだったかだ。だが、後悔など今は何の役にも立たない。

「うっ……ぐぅ……」

祈の口を土蜘蛛の足が犯す。その衝撃と不快感に、祈はくぐもった声を吐き出した。けれど、その圧倒的な力に足を追い出すことはできない。

何かを探すかのように、祈の口中で蠢く足に、気持ち悪さで吐き気が込み上げてきて、目には涙が滲む。

「ここは妖怪の気が薄い。別の穴か」

独り言のような呟きが聞こえたかと思うと、足が口から抜け出ていく。だが、ホッとする間などなかった。

「ひっ……」

土蜘蛛の足が次に選んだ場所に、祈は短い悲鳴を上げた。全裸にさせられていたから、当然、どこも隠れた場所などない。本来なら人目に触れるはずのない後孔も同じだ。土蜘蛛の足は、そこを狙った。

ほんの数か月前、妖怪退治を始める前の祈なら、後孔に触れられることの意味など気付かなかっただろう。だが、今は違う。咲楽によって教えられたから、土蜘蛛の目的に、嫌でも気付かざるを得なかった。

「嫌……だ……」

祈の弱弱しい制止の言葉など、土蜘蛛に届くはずもない。

「おお、ここだここだ」

土蜘蛛の声に嬉しげな響きが混じる。足先にも感覚があるのか、人間にはわからない妖怪の匂いを土蜘蛛は足で感じ取ったようだ。

「や……あぁ……」

毛羽立った足が強引に押し入ってくる。先端は細くとも、何も解されることなく挿入してきた異物は、切り裂かれるような痛みと圧迫感を祈に与えた。

「これは美味い」

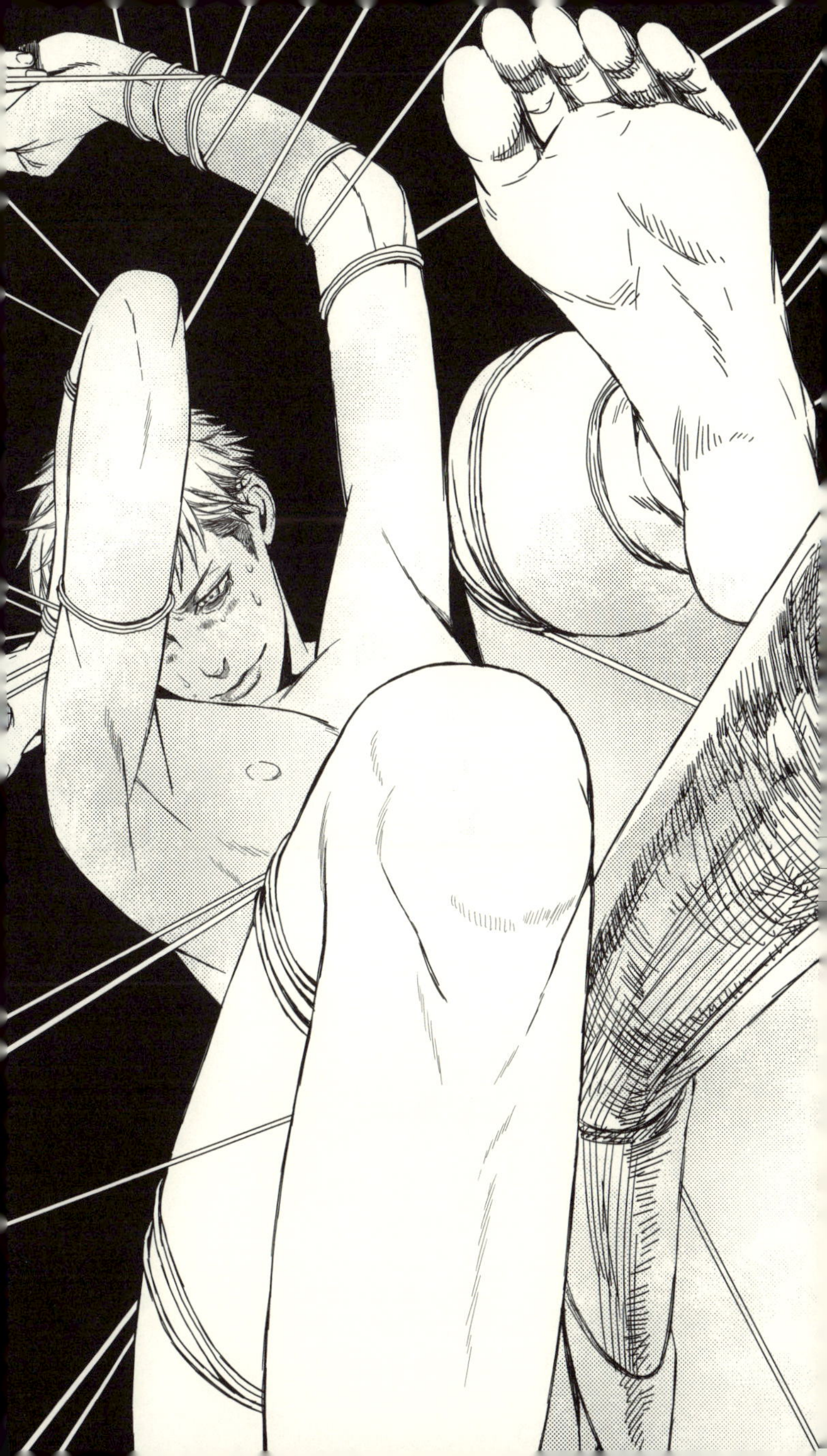

土蜘蛛の満足げな声も、祈にはどこか遠くに聞こえる。耐え難い不快感に苛まれ、聴覚もまともに機能しなくなっていた。

祈の体をもっと味わおうと、土蜘蛛の足は更に奥へと進んでいく。

当たり前だが、土蜘蛛には祈を感じさせようとする狙いなどない。快感など欠片もなく、増すのは痛みと不快感のみだ。これまで咲楽がどれほど優しく祈を抱いていたのか、こんな形で気付かされるとは思ってもみなかった。

いつになったら終わるのか。

だが、これが終われば、きっと土蜘蛛は祈を食べ始めるだろう。祈だけなく、二口女や鳥たちも食事にされてしまう。

せめて、二口女たちが逃げ出す時間だけでも稼げれば……。祈がせめてもの願いを思い描いたときだった。

「いい加減にしてもらおうか」

祈の耳に馴染《なじ》んだ声が、一瞬で場の空気を変える。

土蜘蛛が動きを止め、辺りを見回す。祈はもちろんとして、土蜘蛛でさえ、声がするまで存在に気付いていなかったようだ。

「お前がこの人間の飼い主か」

土蜘蛛が険しい声を向けた場所に、咲楽の姿があった。

助けに来てくれた。祈は申し訳なさと嬉しさで涙を零す。

「いい様だな」

咲楽は祈の姿を見て、冷たく突き放すように言った。

「ごめん」

祈は泣きながら謝った。咲楽の言うことを聞かずに、こんな目に遭ったのだから、何を言われても反論できないどころか、謝るしかない。おまけに咲楽まで危険な遭わせてしまった。

座敷童は福をもたらす妖怪で、攻撃的な力があるとは思えない。現に、これまでの妖怪退治でも、咲楽は計画を立てて、指示を出すだけだった。

祈のそんな心配を見透かしたように、咲楽が声を上げた。

「ウバメドリ、女郎蜘蛛、出番だ」

咲楽の呼びかけに、暗闇から二体の妖怪が飛び出してきた。一体は鳥だった。だが、その大きさは人間ほどもある。そして、もう一体は女性の人型をしていた。

「蜘蛛を食らう鳥を仲間にするってのは、いい狙いだったが、こいつじゃ、小さすぎる」

咲楽は地面で動かない鳥を見て言った。

確かに、ウバメドリは大きいが、それでも土蜘蛛を食べられるほどの大きさではない。それに祈は鳥をその目的で連れてきたわけではなかった。

「天敵をぶつけるために、こいつらを探してたら時間がかかった」

咲楽は手短に駆けつけてきたわけを話す。つまりは、祈がこの行動に出るのを見越して、戦力になる妖怪を探してたということらしい。今日、用があると言って出かけたのも、このためだったのだろう。

ウバメドリは一度、空高くまで飛び上がると、一気に急降下してくる。

「ちっ……」

土蜘蛛が忌々しげに舌打ちをする。蜘蛛の巣にいては逃げ場がないと、土蜘蛛は一瞬で祈から離れ、地面へと降り立った。そこには女郎蜘蛛が待ち構えていた。

大きさは土蜘蛛のほうが上回る。けれど、女郎蜘蛛は怯まない。まっすぐ向き合い、互いに隙を窺っている。

そうなると、空からの攻撃も防がなければならない土蜘蛛が不利だ。隙を作らないために、なかなか攻撃に移れないでいた。

逃げるなら今のうちだ。祈はどうにかならないかと、まだかろうじて動く足で蜘蛛の糸を断ち切ろうとした。だが、それより早く、祈の体が蜘蛛の巣から浮き上がった。

「狐も来てくれたんだ」

振り返った祈の目に映ったのは狐だった。慣れた様子で祈を持ち上げる狐に、祈は嬉しくなって笑顔になる。

「お前を助けるように言われているからな」

相変わらず、狐の答えは素っ気ない。三俣も土蜘蛛退治には乗り気でなかったのに、咲楽に説得されたのだろうか。

狐は咲楽の前まで祈を運び下ろす。

「今度は破られるんじゃねえぞ」

咲楽がすぐさま祈にお札を握らせた。

「これ……」

前回、ここに下見に来たとき、使わないまま持って帰ったものだ。捨てるに捨てられず、元に戻しておいたのを、祈は思い出す。

「習字道具の中に置いてあった。これがなきゃ、今ここで書かせなきゃいけないとこだったぞ」

そう言った咲楽は、真剣な表情で戦いの場に視線を戻す。

「時間はあまりない。あいつらだけでは、時間稼ぎをするのが精いっぱいだ」

さっきまでは女郎蜘蛛たちが優勢に見えていた。けれど、いつのまにか、ウバメドリの右翼はもがれ、女郎蜘蛛も左目を閉じている。どうやら、土蜘蛛が噴きつけてきた蜘蛛の糸によって、徐々に動きを鈍らされてしまったようだ。

「俺が合図をしたら、俺ごと、祈をあいつの前に運んでくれ」

咲楽の指示に、狐が無言で頷く。

咲楽は戦況を見つめ、タイミングを見計らう。祈はただお札を握りしめ、その瞬間を待つだけだった。

女郎蜘蛛が注意を惹きつけるように正面から土蜘蛛に向かっていく。迎え撃とうと土蜘蛛が足を振り上げた。それをウバメドリは待っていた。両足で土蜘蛛の足を掴み、片翼だけで懸命に空へと持ち上げようとする。

宙に浮くことはなかったものの、最後尾の足で立たされた土蜘蛛の腹が丸見えになった。頭と体の繋ぎ目、人間でいうところの首の部分が光を放っている。

「今だ」

咲楽の合図が出た瞬間、祈の体が宙に浮く。

咲楽と祈を抱えているとは思えないほど、狐の動きは素早かった。一瞬で土蜘蛛の正面に移動している。

土蜘蛛が反応するより早く、咲楽が祈の手を掴み、お札を光る首に押し付けた。

「ぐあぁ……」

地響きのような叫びが土蜘蛛から発せられる。小さな光は全身へと広がり、徐々にその輝きを失っていく。光が完全に消え失せるまで、祈は手を伸ばしたままだった。

「終わったな」

咲楽がそう呟くまで、誰も何も言わなかった。祈は力を使い果たしていたためで、狐は元から無口だし、他の妖怪たちも声を出せる状態ではなかったからだ。

狐によって、地上へと運ばれても、祈は自力で立つことはできなかった。咲楽に支えられていなければ、その場に崩れて落ちていただろう。

咲楽が祈の顎《あご》を摑み、顔を近付けてくる。

咲楽の唇が触れた瞬間から、体の中に力が湧いてくるのを感じていた。もっとも、この程度では、喋ることができる程度だが、それでも祈は顔を離した咲楽に訴える。

「俺より先に皆を治してあげて」

祈の視線は戦いで傷付いた妖怪たちに向けられた。その中には、最初に弾き飛ばされた二口女や鳥も含まれている。

「俺は疲れてるだけだけど、あの子たちはあんなに傷付いてる。咲楽さんなら治せるよね？」

実際に、傷を治す場面を見たわけでもないのに、咲楽ならできるはずだという確信が祈にはあった。

そして、その祈の懇願を咲楽は無視しなかった。舌打ちしながらも、祈の体を狐に預けると、倒れている妖怪たちのもとへと向かった。
それを見届けた祈は、緊張から解放され、気を失うように眠りに落ちた。

7

体が揺さぶられる。熟睡していた祈は、それでようやく目を覚ました。

「やっと起きた」

枕元《まくら》にいた二口女が呆れた顔で祈を覗《のぞ》き込んで言った。

外が明るいのは障子越しに差し込む外からの陽の光でわかる。わかるけれど、頭が覚醒《かくせい》しない。どうして、二口女がわざわざ祈を起こそうとしているのか。その理由を尋ねることさえ思い当たらなかった。

「今、何時？」

かろうじて口に出せたのは、そんな当たり前の質問だった。

「もう夕方。五時前よ」

「そんなに寝てたの？」

祈は自分のことなのに、驚かずにはいられなかった。ほとんど丸一日、眠っていたことになる。

「それより、祈にお客さんが来てるわよ」

そんな祈の様子にかまわず、二口女は用件を切り出した。

「お客さん？」

祈はぼんやりと同じ言葉を繰り返す。

「そう、お客さん。祈の友達だって言ってるから、起こしたほうがいいかと思って」

「友達？　誰だろ……」

すぐには誰の顔も思い浮かばず、祈は首を傾げる。

「会いたいなら早くいかないと、あいつが追い返そうとしてるわよ」

二口女が嫌な顔で「あいつ」呼ばわりする相手は、咲楽以外にあり得ない。友達が誰なのか、まだ思い浮かばないものの、わざわざ訪ねてきてくれたのを追い返す真似はしたくなかった。

祈はようやく布団から這い出し、パジャマ姿のままで玄関に向かった。

近付くと、確かに話し声がする。咲楽と話しているもう一人の声も、祈はよく知っていた。

「浩輔、どうしたの？」

祈は驚きを隠さず、玄関先に立っている浩輔に問いかけた。

「どうしたじゃねえよ。お前、一か月も音信不通になってたんだぞ。電話にも出ないし、メールにも返事をよこさないし」

浩輔は怒った顔で早口で捲《まく》し立てる。

「それで訪ねてきてくれたんだ？」

「携帯で連絡が取れなきゃ、直接、訪ねてくるしかないだろ」

「あ、そうだ、携帯。どうしたっけ？」

浩輔から携帯電話という単語を聞かされ、祈はその存在をすっかり忘れていたことを思い出した。ここで咲楽たち妖怪と暮らしていると、全く携帯電話の必要がなく、おかげでどこに置いたかさえ、記憶になかった。間違いなく、充電は切れているはずだ。

「見てもないのかよ」

浩輔がもはや怒りを通り越し、呆れている。

「ごめん。忘れてた」

祈は素直に謝った。大学に通っているときは、授業のことやアルバイトのこと、それに遊びに行く約束でも、何かと携帯電話を利用していた。けれど、こうして休みに入ると、そのどれもが、緊迫した用件ではないと気付いたのだ。

「それより、お前、どっか悪いの？　このおっさんに寝てるから帰れって言われたんだけど、ホントに寝てたみたいだな」

パジャマ姿の祈に、浩輔が心配した様子で尋ねてくる。

「これはそんなんじゃなくて、夕べ遅くまで起きてただけで」

祈は心配をかけたくなくて、咄嗟に言い訳を口にした。

ここにきてようやく、祈も頭が回り始める。こんな時刻まで寝ていたのは、昨晩、妖怪退治で体力を使い果たしたせいだ。だが、当然ながら、その事実は浩輔には教えられない。

「病気じゃないなら、いいんだけどさ」

「ごめん。心配かけて」

祈はもう一度、頭を下げる。妖怪たちとの生活がいくら楽しくても、浩輔が大事な友人であることは変わりない。その友人にいらぬ心配をさせたことが申し訳なかった。

「これからはちゃんと携帯を持ち歩くから」

「そうしろ。他の奴らも心配してた。だから、俺が代表してきたんだ」

「ありがとう」

祈の素直な態度に、浩輔は少し照れくさそうに笑う。

「まあ、一人暮らしってわけじゃないんだ。病気で倒れて手遅れになるってこともないとは思ったんだけど、一応、見に来てみたら……」

そう言ってから、浩輔は険しい顔で咲楽を見た。

「ホントに大丈夫か？　上手くやってけてるのか？」

「大丈夫。おじさんは愛想がないだけなんだ」

表向きの関係を思い出すくらいに目が覚めた祈は、どうにか咲楽に対する浩輔の不信感を晴らそうとした。誤解されたままでいると、心配するあまり、浩輔から余計な詮索をされてしまう恐れがあるからだ。

「お前がそう言うなら……」

あまり納得していない様子の浩輔が、手招きして自分のもとへ祈を呼び寄せる。咲楽から遠ざけて内緒の話がしたいというのは、すぐにわかった。祈がもう応対に出てきたのだから、咲楽は奥に引っ込んでいいのに、何故か、この場に居つづけている。

「俺のとこ、狭い部屋だけど、お前が寝る場所くらい作れるから、やってけないと思ったら、我慢するなよ」

浩輔はよほど咲楽を信用できないらしい。祈が起きてくるまで、二人の間では、いったい、どんなやり取りがあったのだろうか。

「ありがとう。もし、喧嘩でもしたときは、すぐに逃げ込ませてもらうね」

冗談っぽく返すと、浩輔もやっと笑顔を見せてくれた。

「じゃ、俺は帰るよ」

「もう？」

「これからバイトなんだ」

「忙しいのに、ホント、ごめんね」

祈は最後にもう一度、謝り、去っていく浩輔の背中を見送った。

「咲楽さん、なんで、起こしてくれなかったの？」

完全に浩輔が見えなくなってから、祈は振り返って咲楽に尋ねた。

「俺がそこまでしてやる義理はない」

咲楽はまったく悪びれることなく答える。

「わざわざ俺に会いに来てくれてたのに、追い返そうとしたんでしょ？」

「寝てるから会えないと言っただけだ」

「それは間違ってないけど……」

いつまでも眠りこけていたのは祈で、そうなる原因を作ったのも祈だ。咲楽を責める筋合いなどないことはわかっている。誰か訪ねてくるとも想定していなかったから、その場合にはどうしてほしいとも伝えていなかった。

「じゃ、次からはそうしてくれる？」

「なんだ？　また寝込むような真似をするつもりか？」

「そうじゃないけど……」

咲楽の反対を押し切っての妖怪退治をしたことを責められているのだろうか。後ろめたさから、祈はつい言葉を濁す。

「そいつにそんなことを頼んでも無駄だ」

不意に狐の声が、どこかから聞こえてきた。声のした方向に視線を巡らすより早く、祈の目の前に狐が姿を見せた。

「大方、お前に関わる人間を減らしたかっただけだろう」

「どういうこと？」

「人間同士の付き合いが楽しければ、お前が妖怪に目を向けなくなるかもしれない。それが怖いんだろう」

「勝手なことを言ってんじゃねえよ」

咲楽が語気を荒げ、狐を黙らせようとする。その姿が、あながち狐の言い分が間違っていないことを祈に教えてくれた。

「今までどおりの生活をしてたって、みんなのことを忘れたりしないよ？　っていうか、できるわけないじゃない」

祈はつい口元を緩めてしまう。妖怪との生活は毎日が刺激的だった。おかげで携帯電話を忘れていたくらいなのだ。大学がまた始まっても、この家に帰ってくる限り、妖怪たちを忘れることはないだろう。

「だから、俺はそんな心配はしてない。気にしてんのは俺じゃなくて、こいつだろ」

咲楽が冷たい口調で狐に視線を向ける。

「どういう意味だ？」

狐がじろりと咲楽を睨み付ける。

「おっさんに忘れられたりしたら、もう、お前は生きていけないよな」

「おっさん呼ばわりはやめろと前にも言ったはずだ」

狐は肝心なことには触れず、咲楽の言葉遣いを指摘する。

狐にとって、三俣の存在は絶対であることくらい、付き合いの短い祈にでもわかることだ。狐自身、周りにどう見られているかは気付いているのだろうが、他人にとやかく言われたくないといったところだろうか。

「あ、昨日はありがとう」

咲楽と狐の間に漂う険悪な空気をどうにかしたくて、祈はかなり強引に割って入った。昨晩の妖怪退治は、狐がいなければ不可能だった。

「三俣さんも反対してたのに、よく来てくれたよね」

「お前が無茶をするのは予想の範囲内だ。あの人からお前の行動を見張るように言われてた」

「そうだったんだ。それで、咲楽さんもわかったの？」

祈が咲楽に話を向けると、

「だから、お前の行動は誰にでも簡単に予想できるんだよ。俺がわざと出かけたことに、まだ気付いてないのか？」

　完全に呆れ口調で問い返された。

「わざと俺に出かけるように仕向けたってこと？」

「こっちの手筈《てはず》が整ったからな。それなら、とっとと終わらせたほうがいい」

「それって、ひどくない？」

　祈はムッとして唇を尖らせる。

「土蜘蛛を退治するって決めたんなら、そう言ってくれたらよかったのに」

「お前は一度、痛い目を見たほうがいいと思ったからだ。お前は妖怪を甘く見すぎてる」

　咲楽の指摘に、祈は言葉に詰まる。咲楽の言うとおりだ。心のどこかで、妖怪が自分にひどいことをするはずがないと思っていた。勝手な思い込みで、妖怪とは友達になれると、そう信じていたからだ。だが、言葉が通じないからだけでなく、分かり合えない妖怪もいることを、今回、祈は身をもって知った。

「これに懲りたら、二度と俺に黙って勝手なことはするな」

「それなら、咲楽さんもちゃんと俺の話を聞いてよ」

　反省はしているものの、言われっぱなしではいられない。土蜘蛛を退治する手段があるのなら、頭ごなしに反対せずに、最初からそう言ってくれればよかったのだ。

「痴話喧嘩をするくらいなら、もう元気なんだな」

狐が的外れの感想を口にした。

「もしかして、心配して来てくれたの？」

「あの場で体力を回復しなかったからな。それを話したら、あの人がお前の様子を心配して、見てくるようにと言ったんだ」

「三俣さんにも、いっぱい心配かけちゃった」

祈は自分自身の軽率な行動に、改めて反省した後、ふと気付いた。

「って、ちょっと待って。三俣さんも知ってるの？　体力回復の方法……」

「具体的には話してない。あの人が知る必要のないことだ」

気にする祈とは反対に、狐は全く頓着《とんちゃく》した様子もなく、淡々と答える。

「よかった」

祈はほっとして安堵の笑みを漏らす。いくら体力回復の手段だとしても、咲楽とそういうことをしているのだと知られるのは気まずい。どんな顔で三俣と会っていいかわからないからだ。

「様子を見に来ただけなら、もう用は済んだだろ。次から次へと忙《せわ》しない」

咲楽が露骨に狐を追い返そうとする。

「激しすぎる独占欲で逃げられないようにするんだな」

「全く自己主張できないよりマシだ」

咲楽と狐が睨み合う。相性が悪いのか、二人は会えば、いつもこの調子だ。だが、今回に限っては、祈も無関係の見物人ではいられない。

「今のってさ……」

「ほら、狐が帰るぞ」

問いかけようとした祈を遮り、咲楽が勝手に話を切り上げ、狐を玄関の外へと押し出した。もちろん、狐が入ってこようとすれば、扉など無意味なのだが、狐も長居するつもりはなかったようだ。再び、姿を見せることはなかった。

「さっきから、失礼だよ？」

祈はやんわりと咲楽を諭す。

「そう思うなら、お前がフォローすればいい。俺には関係ないことだ」

「していいの？　本当は俺が他の誰かと親しくするのが嫌なんだよね？」

思い切って、祈は核心をついてみた。さっきの狐の言葉からは、そうとしか考えられなかった。祈以上に付き合いの長い狐が言うのだ。それに、咲楽も否定はしなかった。

「誰と親しくしてようが、お前にとっての一番が俺なら、それでいい」

突然の告白に、祈は言葉を失う。

咲楽が祈を特別扱いしてくれているような雰囲気は感じていた。狐の三俣に対するのとはまた違う、特別な思いだ。

けれど、祈はそれを祖父の孫だからだと思い込もうとしていた。だから、大事にしてくれているのだと、期待しないことで、自分の気持ちにセーブをかけていたのだ。

初恋の相手だった咲楽とはまるで変わっているけれど、それでも、祈が好きになった咲楽を思わせる優しさは感じた。どうして、それで惹かれずにいられるだろうか。

「あのね、他のみんなは友達だけど、咲楽さんは違うから」

祈もどうにか自分の気持ちを伝えたくて、言葉を探す。

「知ってる。そうなるようにしてるんだ」

咲楽は欠片も驚いた様子を見せず、平然と祈の告白を受け止めた。

「あ、みんなは？」

自分の言葉で、祈は土蜘蛛退治のことを思い出した。あのとき、咲楽や狐だけでなく、他にも妖怪の力を借りた。二口女が無事なのはわかったが、それ以外の妖怪たちはどうなっただろう。

「庭にいるだろ」

「ホント？」

祈は庭へと急いだ。寝ているときは障子が閉まっていたし、起きてからはまっすぐ玄関に来たから、庭の様子など見ていなかった。

縁側に差し掛かると、ウバメドリと女郎蜘蛛が池のほとりでくつろいでいるのが目に飛び込んできた。桜の木には鳥もいて、二口女は縁側に腰を下ろしていた。

「よかった。みんな、元気そう」

祈はほっとして、安堵の笑みを漏らす。

「昨日はごめんね。俺のせいで……」

「いいんだよ。あたしたちもあいつには一泡吹かせてやりたかったんだ」

女郎蜘蛛の言葉に、ウバメドリも同感だとばかりに頷いている。鳥型だと言葉は発せられないのか、最初に出会った鳥の妖怪同様、ウバメドリの出す声は鳥の鳴き声にしか聞こえなかった。

「女郎蜘蛛たちも迷惑してたんだ？」

「あたしもウバメドリも、元々はあそこに住んでたんだよ」

「そうなの？」

祈の驚きに、女郎蜘蛛は頷いてから、

「同じ蜘蛛型妖怪のくせに、ちょっとばかしでかいからって、我が物顔で人の縄張りを荒してさ。そのせいで食糧がなくなったから、あたしたちは住処を変えるしかなかったんだ」

まだ晴れない恨みを口にしたものの、土蜘蛛を退治したことで、その顔は晴れやかだった。

そこへ祈を追いかけ、咲楽がやってくる。祈がこの家に住み始めてから、こんなにたくさんの妖怪が揃《そろ》ったのは初めてだ。

座敷童がいて、二口女がいて、それに女郎蜘蛛やウバメドリ、おまけに名前のわからない鳥もいる。子供の頃に憧れた光景だ。

「女郎蜘蛛たちはどこに暮らしてるの？」

だから、つい、そんな質問が口をついて出てきた。そして、その意味を真っ先に理解したのは、咲楽だった。

「お前、まさか、また……？」

咲楽が嫌そうな顔で祈に問いかける。

「どこって決まってないなら、ここに住めばいいのになって」

「やっぱり」

予想が当たったことに、咲楽は嬉しそうな顔を見せず、露骨に表情を歪《ゆが》める。

「あたしたちは、人のいない場所のほうが暮らしやすいんだ。近くの山に寝床がある」

「そうなんだ」

女郎蜘蛛の返事に、祈はつい残念そうに答えてしまう。そんな祈をかわいそうに思ったのか、

「けど、ときどきは遊びに来るよ」

女郎蜘蛛はフォローするように言って、隣でウバメドリも頷いた。

女郎蜘蛛もウバメドリも心の優しい妖怪だった。だから、土蜘蛛退治に手を貸してくれたのだろうか。それにしては、タイミングが良すぎた。

「あのさ、咲楽さんとは前から知り合いだったの？」

「いや、会ったのは土蜘蛛退治に駆り出される直前だよ。あたしもこいつもね」

話せないウバメドリの分まで、女郎蜘蛛が答える。

「それなのに、どうして、すぐに咲楽さんに力を貸そうと思ったの？」

いくら、土蜘蛛が腹立たしかったからといって、うかつに手を出すと、自らの命が危うくなる相手だ。初対面で、おそらく態度が悪かっただろう咲楽の言うことを聞いたのが不思議だった。

「俺が呼べば来ない妖怪はいない」

女郎蜘蛛が答えるより早く、祈の後ろにいた咲楽が口を開いた。相当に偉そうな口ぶりだが、女郎蜘蛛は反論しない。つまり事実だということになる。

「咲楽さんに、何か弱みでも握られてるの？」

祈は急に不安になり、女郎蜘蛛に尋ねる。

「お前には俺がそんな悪党に見えてるのか？」

「だって、おかしいじゃない」

「祈の心配ももっともね」

祈と咲楽のやりとりに、二口女が口を挟む。

「弱みは握られてなくても、結局は脅されたようなもんだし」

「どういうこと？」

何も言わない女郎蜘蛛の代わりに、祈は二口女に訳を尋ねた。

「座敷童は福をもたらす妖怪でしょう？　つまり、不幸も左右できるってこと。いくら妖怪でも、この先ずっと不幸続きの生活は嫌だしね」

「そう言って、脅したんだ？」

祈が改めて咲楽に顔を向けると、咲楽は素知らぬ顔で嘯く。

「俺は後押しをしてやっただけだ。あいつらにとっても、土蜘蛛は迷惑だった。誰かが音頭を取ってやらなきゃ、協力して戦うなんてことはできないからな」

「だったら、もっとたくさんの妖怪を集めればよかったのに。女郎蜘蛛もウバメドリももう少しでやられるところだったよ？」

「お前もだろ」

咲楽の冷静な指摘に、祈は言葉に詰まる。

「俺はだって、自業自得だから……」

話しているうちに、昨晩のことがリアルに蘇ってきた。

他の妖怪たちの怪我《けが》の具合ばかり気にしていたが、祈自身もまた妖怪から攻撃を受けていた。ただ、その攻撃方法が全く予想したものではなかった。しかも、それをあの場にいた全員に見られていたのだと思うと、急に恥ずかしさが込み上げてくる。

「咲楽さんはどこから見てたの？」

祈は恐る恐る、咲楽に問いかける。あのときは突然、現れたように感じたが、咲楽のことだから、きっと姿を見せるタイミングを見計らっていたに違いない。

「お前が尻《しり》を弄《いじ》られ始めたところからだな」

露骨な言葉に、祈はますます顔が赤くなる。

「だったら、もっと早く助けてくれればよかったのに」

「タイミングを見計らってたんだよ。お前らみたいに、無計画に突っ走れるか。俺がそうやって、冷静に状況を見ていたおかげで、お前は助かったんじゃないのか？」

「それはそうかもしれないけど……」

助けてもらったのは感謝しかないが、そのために他の妖怪を犠牲にしようとしたのは見過ごせない。これからもまた同じような真似をさせないためにはどうすればいいのか。祈の気持ちをどう伝えれば、わかって貰えるのか。


座敷童に恋をした。

祈が言葉を探していると、

「まあまあ、そのくらいにしておいたら？」

珍しく二口女が割って入ってきた。祈とは普通に会話するが、咲楽とは可能な限り、険悪な仲故に、接触を減らそうとしているのに、うっすらと笑みすら浮かべている。

「座敷童も飛び出したいのを必死で我慢してたんだからさ」

「何が言いたい？」

咲楽に睨み付けられても、二口女の余裕の表情は揺るがなかった。

「この家に出入りしてた妖怪が、みんな、おじいちゃんと一緒に浄化したわけじゃないのよ」

「誰か、じいちゃんを知ってる妖怪に会ったの？」

「おじいちゃんもそうだけど、昔の座敷童のこともね、よく知ってたわよ」

「それって、女の子の姿になってたときのこと？」

「その後。祈がいなくなってから」

そう言って、二口女は思わせぶりに笑う。

「どうして、祈のおじいちゃんについていかなかったのか。家に憑りつく妖怪だからじゃないわ。ただ、祈がここに来るのを待ってたからよ」

「嘘……、ホントに？」

祈は信じられない思いで咲楽を見つめる。

「わざわざ女の子の格好をしてまで、祈の遊び相手をしてたのだって、おじいちゃんに頼まれたからじゃない。ただ自分が祈と一緒にいたかっただけ。そうよね？」

二口女がここぞとばかりに、咲楽を挑発する。日頃は咲楽のほうが優位に立っていることが多いから、一泡吹かせてやりたくて、咲楽について調べていたに違いない。

「さすが、口が二つあるだけあって、お喋りだな」

咲楽は全く動じた様子は見せず、二口女に冷たい視線を向ける。

「そんな偉そうにしてるくせに、祈が可愛くて仕方ないんでしょ？　だから、あたしたちが祈と仲良くしてるのが面白くなくて、わざと危ない目に遭うまで放っておいたんじゃないの？」

「そろそろ、その煩《うるさ》い口を黙らせてやろうか」

二口女の質問に、咲楽が凄んで返す。福をもたらす以外にも、座敷童には何か力があるのだろうか。それとも、妖怪同士には通じる何かがあるのか。二口女は明らかに怯み、怯え始めた。

「やめて。二口女にひどいこと、しないで」

「まだ何もしてない」

「するつもりだったよね？　駄目だよ。二口女は俺にいいことを教えてくれたんだから」

「いいこと？」

咲楽が眉間に皺を寄せて、言葉の意味を尋ねる。

「俺を待っててくれたのが本当なら、凄く嬉しい」

「だったら、誰彼かまわず、この家に引き入れるのはやめろ」

「駄目？」

祈としては、みんなと一緒に楽しく暮らしたい。以前から、咲楽がいい顔をしていないことには気付いていたが、改めて口にされると不安になる。

「俺が駄目かどうかじゃなくて、困るのはお前だ」

どうしてと問いかける前に、咲楽に抱き寄せられる。そして、いきなり唇を塞がれた。

あまりにも突然で身構えることも拒むこともできなかった。咲楽の強い腕に抱きしめられ、押し当てられた唇はすぐに口中に忍び込んでくる。

祈の口の中で蠢く咲楽の舌が、祈の体を震えさせる。力を注ぐためではなく、ただ快感を与えるためだけの口づけは、不慣れな祈を簡単に熱くした。

「……んっ……ふぅ……」

少しでも唇が離れると、祈は息苦しさから、熱い吐息を吐き出す。それが甘く響いていることに、祈自身は全く気付いていなかった。

「なんで……」

唐突な咲楽からのキスに、祈は戸惑いを口にした。

ほぼ一日眠ったおかげで、疲れは完全に取れていて、咲楽に力を貰う必要はなかった。それくらい、祈を見ていれば、咲楽にもわかっているはずだ。

「お前にわからせてやってるんだろ。この家に妖怪たちを招きいれるってことが、どういうことかをな」

咲楽はそう言うと、ニヤリと笑って、視線を祈から逸らした。その先にあるものを見ろというようなしぐさに、祈もつられて視線を向けると、不機嫌そうな二口女と、そっぽを向く女郎蜘蛛がいる。他にも表情こそ見えないが、ウバメドリたちもいた。

「こんなふうに見られてもいいのか？」

耳元で咲楽に囁かれ、祈は一瞬で状況を思い出した。キスの直前まで、二口女たちと話していて、おまけに祈と咲楽がいる場所も縁側で、閉め切られた屋内ではない。そんなところで、咲楽とキスをしてしまった。

「離して」

咲楽の腕の中で祈は必死にもがくが、抱きしめられた腕の強さに逃れることは敵わない。

「今更だろ。妖怪なら、お前が俺に抱かれてることはわかってる」

「わかってるとか、わかってないとかじゃなくて……」

「見られるのが嫌なんだろうが、こいつらを呼んだのはお前だ。諦めろ」

そう言うなり、咲楽は祈の体を抱き上げた。

「ちょっと、咲楽さんっ」

もはや嫌な予感しかしない。無駄な抵抗だと思いつつも、咲楽に呼びかけるが、やはり、聞き入れてはもらえなかった。

「お前にこれからの覚悟を決めさせてやる。妖怪と共存して生きていくってことをな」

宣言のような言葉の後、祈は畳の上に寝かされた。

「駄目だってば」

「往生際が悪いな。もう何度もやってるだろ」

「あれは体力を回復してるだけだよ」

覆いかぶさってくる咲楽を見上げ、祈は最後の抵抗をした。

「俺だからしたんだろ？　狐がするって言ったら、お前は受け入れたか？」

「それは……」

祈は言葉に詰まる。狐とそういうことをするなど、全く想像もできないし、おそらく、祈は拒んだだろう。

「もうどんな口実もいらない。俺は抱きたいときにお前を抱くことにした」

妖怪だからなのか、何の飾りもない台詞を、何ら照れることもなく、咲楽は口にする。

「今がそうだ。他の妖怪に好き放題された体を、俺が上書きしてやる」

真剣な顔でそんなふうに言われると、もはや祈に拒むことはできなかった。

これまでと違い、わざと焦《じ》らすようにゆっくりと服を脱がされる。しかも、体が自由に動く状態でされるのは初めてだ。何もしないでいると、脱がされるのを待っているようだし、かといって、自ら脱ぎだすのも躊躇られる。

「お前、何してるんだ？」

咲楽が笑いを含んだ声で問いかけてきた。

「何って……？」

「ずっと手を握ったり開いたりしてる。何の意味があるんだ？」

「意味なんかないよ。この手をどうすればいいかわからないだけ」

「だったら、俺の背中に回してろ」

こんな場面で、卑怯《ひきょう》なほどに優しく、咲楽が微笑みかけてくる。

相変わらずの早業で、祈は既に全裸にされていた。だから、それを隠すためにも、祈は咲楽の背中に手を回した。

妖怪なのに、咲楽からは人間のような温かさが伝わってくる。それが祈を落ち着かせる。

咲楽が祈の首筋に顔を埋めてきた。首筋に触れた唇の感触が祈を震わせる。

いっそ指一本動かせない状態のほうがよかった。体力がある分、感覚もはっきりとしていて、おかげで、些細《ささい》な刺激でも感じてしまう。

「んっ……」

濡れた舌に首筋を舐めあげられ、思わず声が漏れる。さらに、その舌は耳朶にまで及ぶ。舐められ、息を吹きかけられ、くすぐったいような、もどかしいような、不思議な感覚に、祈は知らず知らず腰を揺らめかせていた。

「もう感じてるのか?」

耳元で響く揶揄する言葉でさえ、祈を熱くする原因になる。咲楽に指摘されるまでもなく、祈は体の変化に気づいていた。中心が熱くなり、形を変え始めている。

「どうして欲しいか、言ってみろ」

咲楽が何を言わせたいのかはわかる。けれど、その言葉を口にするのは、祈にはハードルが高すぎた。祈は涙目で咲楽を睨む。

「咲楽さんの意地悪」

「意地悪ってのは、ここを触ってくれないからか?」

ニヤリと笑った咲楽が、祈の中心に手を伸ばし、一瞬だけの軽いタッチをしてきた。

「えっ……」

咲楽の手がすぐに離れたことに、祈は戸惑いの声を上げた。咲楽は明らかに祈の反応を楽しんでいた。

「本当に意地悪だ」

「だから、お前がはっきりと言えばいいだけだ。俺はお前の口から聞きたいんだよ」

咲楽の声に込められた真剣な響きが、祈に訴えかけてくる。その声に背中を押されるように、祈の口が自然と開く。

「……触って」

それでもか細く震える声にしかならなかったが、咲楽には届いた。

「覚悟しろよ。お前が望んだんだ」

咲楽が祈の足元に向けて体をずらした。ちょうど股間の辺りに頭が来る位置まで下がると、そこで動きを止める。

当然ながら、背中に回していた祈の手は引き離される。代わりに、唯一、届いた咲楽の頭へと手を伸ばし、髪に指を絡めた。

「あ……はぁ……」

昂りを咲楽の口が包む。柔らかく吸い上げられ、祈は甘い吐息を漏らした。それだけで、祈の中心は完全に固く勃ち上がる。

咲楽はまるで愛おしいものを愛《め》でるように、丹念に余すところなく、舌で屹立を舐めつくす。

一方的に愛撫を受けるしかない祈にできることは、ただ快感に喘ぐことだけだ。

「はぁ……っ……あぁ……」

咲楽が頭を動かすと、それに合わせて祈の口からも喘ぎが漏れる。零れだした先走りも、すぐに舐めとられる。

咲楽はさらに深い愛撫をするためにか、祈の両足の膝裏を摑み、広げながら持ち上げた。そのせいで、祈の双丘は浮き上がる。

恥ずかしい格好を取らされていることに抗議するよりも早く、祈の後孔に何かが触れた。

「ひゃっ……」

驚きが声になって表れる。後孔に触れている何かの正体が、咲楽の舌だと気づくのに、時間はそうかからなかった。

「やだ、それ……。汚いよ」

実際、祈の目には咲楽が何をしているのか見て取れない。それでも、咲楽が後孔を舐めている姿を想像するだけで、体が焼けつくような羞恥を覚えた。

「安心しろ。お前が爆睡してる間に、念入りに洗っておいた」

祈に答えるため、咲楽は一度、顔を上げた。祈の足の間から、咲楽が顔を見せるのが、余計にリアルでより恥ずかしさが募る。

「全身、くまなくな」

咲楽が思わせぶりな笑みを浮かべて言った。

「ひどい」

「何がひどい？　お前が気にするのを見越して、綺麗《きれい》にしてやったんだろうが」

「咲楽さんがそんなとこ……、舐めなきゃいいだけじゃない」

「指で解すより、舐めたほうが感じるだろ？」

「やっぱり意地悪だ」

祈は涙目で抗議するが、咲楽を喜ばせるだけだった。

咲楽は改めて、祈の後孔めがけて顔を近付けていく。

「あぁ……」

再度、濡れた感触が与えられたが、さっきと違うのは舌が中に押し入ろうとしていることだ。唾液《だえき》を絡めて窄《すぼ》めた舌先を、咲楽が後孔に押し付けてくる。もちろん、それだけで入るはずはなく、咲楽は右手を使い、先に指を押し込んできた。

「く……ぅ……」

中に入ってくる指に押し出されるように、くぐもった声が出る。けれど、痛みはなかった。

咲楽は決して、祈を傷付けないし、痛みを与えることもしなかった。言葉は乱暴だし、辱めるようなことも言うのだが、祈を抱く腕はいつも優しかった。

固い指と共に、柔らかい舌もまた祈を犯す。少しずつ押し広げられているのがわかっても、指と舌の感触が、祈から抵抗する力を奪っていた。

「は……ぁ……」

中のどこに触れられても、祈は敏感に反応してしまう。咲楽の指や舌には、何か媚薬《びやく》のようなものでも付いてるのではないかと思うほど、些細な動きでも祈の腰を揺らめかせる。

「これだけ感じてれば、大丈夫だな」

何かを確信したような咲楽の声が、足元で聞こえたかと思うと、不意に祈を犯す異物の感覚がなくなった。

咲楽は、一度、祈から離れると、体を起こし、勢いよく身に着けていたものを脱ぎ捨てていく。これまで咲楽は祈と繋がるときでも、ジーンズの前を緩めるだけだった。けれど、今日初めて、祈に全てを見せてくれた。

綺麗に筋肉のついた見事な体軀《たいく》に、祈は思わず息を飲み、見惚《みほ》れてしまう。

再会したときは、どうして少女のままでいてくれなかったのかと思ったけれど、今はこの姿でよかったと思える。この体だから、強く抱きしめてもらえるのだ。

「祈、ここに来い」

畳の上に胡坐《あぐら》をかいて座った咲楽が、祈の手を引いて、自らの膝へと誘った。強い力で引かれ、祈は咲楽の膝を跨ぐように座らされる。

「何するの？」

「自分でこいつを入れてみろ」

咲楽が視線を落とし、「こいつ」が何を示しているのかを、祈に教える。視線の先には、既に固く勃ち上がった咲楽の屹立があった。

「そんなの無理だよ」

祈は即座に首を横に振る。咲楽とこんな関係になることを受け入れても、自ら積極的に動くことには躊躇いも抵抗もあった。

「無理じゃない」

咲楽が険しい顔で、さらに祈に詰め寄る。どうあっても、祈から行動させたいという、咲楽の強い意志が伝わってくる表情だった。

もしかしたら、咲楽にも不安があるのかもしれない。自分のために祈がどこまでしてくれるのか。それで自分への思いを図ろうとしているのではないだろうか。だったら、祈には咲楽の不安を払拭《ふっしょく》する義務がある。

「わかった」

祈は小声で呟くと、おずおずと腰を上げた。だが、そこからどうすればいいのか。入れる側ならともかく、入れられるほうから動く方法がわからない。

「こうするんだ」

戸惑う祈の手を取り、咲楽が自らの屹立へと導く。そして、祈の手ごと、その先端を後孔へと誘導した。

「後は腰を落とすだけだ」

咲楽の言葉に間違いはない。必要なのは、それを実行に移す、祈の行動力だけだ。

祈は大きく息を吐いた。それから、目を伏せて、ゆっくりと腰を落としていく。

「う……くぅ……」

押し入ってくる感覚は、やはり指とは比べ物にならず、圧迫感に祈は顔を顰める。それでも途中でやめなかったのは、重力のおかげだ。

もちろん、これで終わりではなかった。祈がここまでした後は、今度は自分の番だと言わんばかりに、咲楽の腕が祈の腰を摑んだ。

「やっ……ああ……っ……」

入れたばかりなのに、腰を摑んで引き上げられた挙句、また腰を落とされる。肉壁を擦《こす》られて、背筋が震え、快感を刺激される。

咲楽の動きは止まらなかった。祈が感じているのなら、遠慮する必要はないとでもいうのか、何度も腰を持ち上げては引き落とす動きを咲楽は繰り返す。さらには腰を浮かせるようにして、下からも突き上げてきた。

奥深くまで飲み込んだ咲楽の屹立に、中で激しく主張され、祈の理性はもうどこかに飛んでしまった。ただひたすら、与えられる快感に喘がされるだけだった。

「も……駄目……」

祈は必死で訴えた。快感で涙が溢れだし、視界が滲み、咲楽の顔もまともに見えない。だから、より強く咲楽にしがみついた。

「いくぞ」

咲楽も限界だったのか、祈を待たせることはしなかった。

祈の中心に手を伸ばし、先走りを零して濡れた屹立に指を絡める。そして、立ち上がりそうな勢いで腰を浮かして、祈を突き上げた。

「ああっ……」

祈は声を上げて迸りを解き放った。咲楽もまた達したことは、祈も体で感じる。

射精の解放感に、祈は放心状態で咲楽にもたれかかった。けれど、疲れはない。これだけ激しく体を使ったというのに、やはり咲楽が相手だと、意図せずとも力を注がれるようだ。

「無理じゃなかっただろ？」

咲楽の声が耳元で響く。しがみついているのだから、顔が近くにあっても不思議はない。

「でも、もうしないから」

さっきまでの自分の姿を思い出し、祈は全身を真っ赤にして宣言した。

「どうして？」

「そんなの、恥ずかしいからに決まってるじゃない」

「見られても平気なくせに？」

「見られてもって……、あっ……」

祈はもっと思い出さなければならないことを思い出し、慌てて咲楽の膝から飛びのいた。開け放たれた障子から見える外の景色は、すっかり夜に変わっている。その中に、妖怪たちの姿はなかった。

咲楽にキスをされたときには、確かに、みんな、この場にいた。最初はあんなに見られているのが嫌だと言っていたのに、咲楽に翻弄されているうちに、すっかり妖怪たちがいることを忘れてしまっていた。

「妖怪でも気を使うのか、二口女が全員を引き連れて出ていった」

「帰ってくるよね？」

「気にするところはそこなのか」

咲楽が呆れたように笑う。

「帰ってくるさ。出ていくときに、俺のことを睨んでたからな。お前がひどい目に遭わされないか、心配なんだろ」

「二口女が？」

驚きつつも、言われてみればと思い当ることもある。口は悪いが面倒見のいい姉のような態度で、二口女はいつも祈のそばにいてくれた。

「妖怪が見えるが故に、妖怪に狙われることもある。じいさんのときも、そうやってここに居着く妖怪が増えていったんだ。みんながみんな、じいさんを守ってるつもりだったんだろうな」

「そうだったんだ」

だから、祖父を守る必要がなくなったとき、祖父とともに浄化されていったということかと、祈は納得した。

「俺、じいちゃんみたいになれるかな？」

「ならなくてもいいだろ。お前はお前のままでも、妖怪は集まってきてる」

「咲楽さんはそれでいいの？」

「それが嫌なら、この家でお前を待ってたりはしない」

「やっぱり、待っててくれたんだ」

咲楽がようやく二口女の言葉を認めた。それは祈にとって、もっとも嬉しい事実だった。

座敷童と恋をする。

祈《いのり》の家から歩いて五分のところに、昔ながらの商店街がある。

とはいっても、さほど大きなものではなく、十件ほどの商店が軒《のき》を並べているだけだ。もう少し歩けば、品揃えが豊富な大手スーパーがあるのだが、日常生活に必要なものは、充分、この商店街で賄《まかな》える。

今もまた、夕食の支度を始めた咲楽《さくら》から、ごま油が切れていると言われて、祈は商店街にやってきていた。まるで、子供のお遣いのようだが、調理を手伝わせてもらえない以上、それくらいしか祈にできることがなかった。

買い物を終え、商店街を抜けようとしたところで、妖気が祈の注意を引いた。

妖怪が近くにいる。

祈は視線を巡らし、その妖気を追いかけた。

妖怪はすぐに見つかった。というより、人間に見つかるとは思ってもいないのだろう。全く、隠れる様子はなく、商店街を抜けた先の自動販売機の前で丸くなり、うずくまっていた。

大きさは成猫くらいだが、見たことのない姿をしている。強《し》いていうなら、トカゲに近いだろうか。体に一体化した長い尻尾が特徴的だ。だが、トカゲの妖怪とも思えないのは、顔の周りに生えた毛のせいだ。

その妖怪は、明らかに怪我《けが》をしていた。おそらく人間と同じ成分ではなさそうだが、人間と同じ赤い血を背中から流している。

周りは誰一人として、その妖怪には気付いていなかった。目に映らないのだから、当然、足を止める者もいない。

祈はさりげなく、携帯電話を見るためだというふうを装い、妖怪のそばまで行った。

「大丈夫？」

祈が小声で声をかけると、妖怪が驚いたように顔を上げた。どうやら、人の言葉は理解できるようだ。だが、話すことはできないらしく、答えようと声を出しているのだが、祈には動物の鳴き声のようにしか聞こえなかった。

妖怪の言葉がわかる誰かがいてくれたら……。

そう思った祈の手には携帯電話がある。ちょうどいいと、祈はそのまま家に電話をかけた。

咲楽は体面的にも一緒に暮らしていることになっているから、電話の応対もする。祈からの電話に、咲楽はすぐに応えた。

『なんだ、お前か』

近くの商店街に出かけただけの祈から、電話がかかってくるとは思わなかったのだろう。咲楽の声には意外そうな響きがあった。

「今すぐ商店街に来て」

『そこなら五分もあれば、帰ってこれるだろ』

「いいから、お願い」

咲楽の反論を聞かず、祈は一方的に電話を切った。まともに話し合ったら、絶対に言い負かされる。だから、相手に何も言わせないようにすればいいのだと、咲楽との生活で学んだ。

それから、祈は改めて、妖怪に声をかける。

「辛いだろうけど、ちょっとだけ待ってね。なんとかできると思うから」

祈の励ましに、妖怪はちらりと驚いたように顔を上げたが、痛みが増したのか、すぐにまた顔を伏せた。

ここから家までは徒歩五分。だが、咲楽がやってきたのは、僅か、二分後だった。おそらく、ここまでは姿を消して来たのだろう。そうすれば、人間の足で歩くのとは、比べ物にならないくらいに、早く移動することができるのだ。

面倒そうにしていたのに、祈の頼みには飛んできてくれる。それが嬉《うれ》しくて、祈の顔には満面の笑みが浮かんだ。

「やっぱり、そういうことか」

咲楽はすぐに祈の足元にいる妖怪に気付き、顔を顰《しか》める。

「だって、怪我してるんだよ。放っておけないじゃない」

「この程度なら、放っておいても治る」

咲楽には瞬時で妖怪の傷の度合いを見抜くことができるらしい。あっさりと、大したことはないと言い放つ。

「でも、咲楽さんなら、すぐに治せるよね？」

実際に、自分の目で見たわけではないのだが、以前、咲楽は女郎蜘蛛《じょろうぐも》たちを治してくれた。祈はそのときのことを口にする。

「治してやる義理はない」

他の妖怪に対する冷たい態度は、相変わらずだ。咲楽はこの妖怪に対して、欠片《かけら》も心配した様子は見せなかった。

「だったら、せめて、通訳してよ。何もわからないままじゃ、帰らないから」

祈が拗《す》ねて唇を尖《とが》らせて、妥協案を口にすると、咲楽がうんざりとしたような表情で、これ見よがしに溜め息《たいき》を吐《つ》いた。

「わかった。通訳だけだぞ」

祈が帰らないと食事の支度も進まないからか、咲楽はあからさまに渋々な態度を見せつつ、祈の願いを聞き入れた。

「何があったの？」

祈は改めて、妖怪に問いかけた。

さっきからの祈と咲楽のやり取りを聞いていたからだろう。祈の質問の答えを、妖怪は咲楽に向かって答え始めた。もっとも、声は言葉ではなく、鳴き声にしか聞こえないから、祈にはそう見えているだけだ。

妖怪の答えを聞いた咲楽が、鼻先で笑い飛ばす。

「どうしたの？　何て言ったの？」

「犬にやられたそうだ」

「犬？」

祈は問いかけながら、つい辺りを見回した。野良犬など、この辺りで見かけたことはないし、そんな凶暴な犬がいるという噂《うわさ》すら、耳にしたことはなかった。

「商店街を抜けた先の家に、でかいハスキーがいるだろ？　あいつらしい」

「人懐っこい、可愛《かわい》い犬だよ？」

咲楽の言葉に、祈は驚きを隠せなかった。よくその家の前を通り過ぎているが、毎回、遊んでほしそうに尻尾《しっぽ》を振って近づいてくる犬だ。しかも、門扉とフェンスでしっかりと敷地を囲っているから、その犬が外に飛び出すこともない。

「敷地内に入ってこられりゃ、番犬としては追いかけるだろ」

「そもそも、犬には妖怪が見えるの？」

「たいていの動物は、妖怪が見える」

「そうなんだ」

祈の驚きはさらに大きくなる。

「見えないのは、人間くらいのもんだ。多分、余計なものを見すぎてるせいだろうな」

咲楽はしみじみとした口調でそう言った後、

「見たこともない不気味な物体が目の前に現れたんだ。やらなきゃ、自分がやられると、犬が思っても無理はない」

犬の肩を持つように、これが常識なのだと説いた。

「でも、可哀想だよね。何も悪さはしてないんでしょ？」

「間違って、敷地の中に入っただけだと言ってる」

「やっぱりさ、治してあげられない？」

祈は上目遣《うわめづか》いで、咲楽の様子を窺《うかが》った。

妖怪からしてみれば、人間が勝手に町を作り上げたせいで、住みづらい世の中になってしまったのだ。そう思うと、妖怪への同情心がさらに強くなってくる。

「どうせ、俺が怪我を治してやるまで、帰らないって言うんだろ」

だ。

「わかる？」

「お前の言いそうなことだ」

やはり、咲楽には完全に行動を読まれている。まさに、祈はそう言おうとしていたところだったのだ。

咲楽は派手にこれ見よがしの溜め息を吐く。

「俺は早く帰って、食事の支度を再開したいんだ」

だから、仕方がないといったふうな表情で、妖怪のそばに身を屈《かが》めた。

商店街の外ではあるから、中ほど人通りは多くない。それでも、咲楽の行動を不審がられないよう、祈はさりげなく咲楽たちの前に立ち、周囲からの目隠しになる。

咲楽が妖怪の傷ついた場所に、そっと右の手のひらを当てた。

祈はじっとその行為を見つめていた。ずっとどうやって治したのか、気になっていたのだ。

咲楽の手のひらから、何か白い蒸気のようなものが僅かに上がっている。それが傷を癒《いや》す薬になるのか、妖怪の怪我が見る見る塞《ふさ》がれていく。

「すごい」

祈は小さく感嘆の声を上げた。

座敷童は福をもたらす妖怪としか知らず、実際、それを目にすることもなかったから、あまり咲楽の妖怪らしさを感じたことはなかった。だが、これで咲楽がすごい妖怪だとわかった。道理で、他の妖怪が妙に咲楽には下手に出るわけだ。

「終わったぞ」

咲楽が腰を上げると同時に、妖怪も立ち上がった。最初のトカゲっぽいという印象から変わらず、妖怪は四足で立っている。

「帰るところはあるの？」

祈はつい心配で問いかける。

何もわからず、犬のいる家に入り込んだくらいだ。この辺りの土地には詳しくないのだろう。それなのに、どうしてこんなところにいるのか。前にいた場所から離れてきたのはどうしてなのか。気になることは山ほどあるのに、直接、言葉が交わせないのがもどかしい。

妖怪は何を尋ねられているのかわからないというふうに、きょとんとした顔で、祈を見ているだけだ。声を出さないから、咲楽に通訳してもらうこともできない。

「行くところがなければ、うちにおいで。いつでも待ってるから」

だから、祈は答えをもらってから続ける予定だった言葉を投げかけた。祈は妖怪である咲楽と一緒にいる。つまり、妖怪も住める環境にいることはわかるはずだ。

妖怪は一瞬、驚いたように目を見開いたが、すぐに目を伏せ、四足で走り去った。

「行っちゃった」

あっという間に妖怪は見えなくなり、祈は残念そうに呟《つぶや》く。

「来てくれないかな？」

「どうせ、来るだろ。妖怪でも安心して暮らせる場所があるんだと、教えてもらったんだからな」

「そっか。じゃ、また仲間が増えるね」

祈は嬉しくて顔が綻《ほころ》ぶ。これでもまだまだ祖父には及ばないが、着実に、昔の祖父の家の様相を取り戻しかけている。

「買い物は済んだのか？」

「あ、うん。終わったよ」

咲楽の問いかけに、祈はごま油の入った小さなレジ袋を掲《かか》げて見せた。

「だったら、帰るぞ。それがないと、調理が中断したままだ」

「ごめん」

祈は素直に謝った。何しろ、咲楽が作っているのは、祈が急に食べたいと言ったきんぴらだった。ほんの一時間前、ご近所からごぼうのお裾分けをもらい、だったら、きんぴらがいいと祈が言い出したせいで、切らしていたごま油を急遽《きゅうきょ》、買いに行くことになったのだ。

早く帰ろうと並んで歩きだしてから、

「さっき、何したの？　手を当てただけで治ったよね？」

祈は見ているだけではわからなかったことを尋ねた。

「手当って言葉があるだろ。その言葉どおり、俺は手を当てるだけで治せるんだよ」

「それ、俺には使えないの？　妖怪にだけ？」

祈はどうにも納得できず、さらに質問を続けた。

「人間にも使えるが、いつ、お前が怪我をした？」

咲楽が冷静に問い返す。

「怪我じゃないと使えない？」

「使いようがないだろう。手を当てる場所がない」

「そうだけど……」

咲楽の言うことは、いちいちもっともで、納得するしかないのだけれど、どうにかして、あの体力回復の手段を回避したい祈としては、つい、他に方法がないかと思ってしまうのだ。

「いい加減、もう慣れただろ？」

咲楽が含み笑いで尋ねてくる。咲楽にも祈が何故、治療法に拘《こだわ》るのかを気付かれてしまった。

「おかしな言い方しないでよ」

せっかく誤魔化して質問していたのに、知られたとわかると急に恥ずかしくなってきた。首の後ろまで熱く感じる。

「慣れないから恥ずかしく感じるんだ。慣れさせてやるよ」

「いらないから。もういいよ」

恥ずかしさとからかわれたことに怒りもあって、祈は咲楽を残して、早足で歩きだした。どうせ、すぐに咲楽が追いかけてくる。そう思っていたのに、商店街が見えなくなるほど歩いても、咲楽が近づいてくる気配がない。

祈は急に不安になり、足を止め、振り返った。

遥か後方にいた咲楽は、最初と変わらず、ゆっくりと歩いている。祈は慌てて駆け戻った。

「咲楽さん、大丈夫？」

「何が？」

「怪我を治すのに、咲楽さんの力を使ってるんだよね？　それで疲れたんじゃ……」

祈も妖怪退治でお札越しとはいえ、手を当てると、力を吸い取られる。咲楽もそうなのではないかと思ったのだ。

「いや、単に人間の格好で歩くのが面倒なだけだ。疲れる」

真顔で答える咲楽の表情に、嘘《うそ》は感じられなかった。

「もう、おじさんくさいこと言わないでよ」

なんでもないとわかってホッとしつつも、心配させられたことに、祈は怒って見せる。それでも、歩くスピードは咲楽に合わせた。

家まではほんの数分しかかからない。ろくに会話もしないまま、帰り着く。

咲楽は料理の続きに取り掛かるだろうから、その間、せめて、風呂掃除でもしていようかと、祈は座敷に上がり、風呂場へ向かいかけた。

「お前、まだ腹は減ってないだろ？」

「うん。まだ大丈夫だけど？」

問いかけに答えながら、何か他に用ができたのかと、祈は思った。

「話が出たついでに、早く慣れさせてやろうと思ってな」

そう言う咲楽の声が耳元で響く。いつの間にか、背後に回り込んだ咲楽に、祈は背中から抱きしめられていた。

「慣れなくていいよ」

祈はどうにか咲楽の腕から逃れようとするが、力では全く敵《かな》わない。まだ日も沈みきっておらず、明るい日差しの差し込む中では、祈の羞恥《しゅうち》も倍増する。

「慣れないから、いつまで経《た》っても恥ずかしいんだろうが」

「慣れるまで、ずっと恥ずかしいってことじゃない」

身動きが取れないから、代わりに祈は必死で逃れる術《すべ》を探した。今は言葉で言い返すことしかできない。

「俺に触られるのが嫌か？」

耳元で響く声が急にトーンを変える。さっきまで感じられた余裕がなくなり、切羽詰まったような真剣さが籠《こも》っていた。

「ずるいよ、そんな言い方」

祈は腰に回っていた咲楽の腕に手を絡《から》める。

触れられるのが嫌なのではない。むしろ、逆だ。咲楽に触れたいと思われることは嬉しかった。恥ずかしささえなくなれば、きっと素直に受け入れられる。

いつもは察しが良すぎるくらいなのに、どうしてこの気持ちをわかってくれないのか。

「祈」

腕の力が緩むのと同時に、名前が呼ばれる。その声につられて、祈は体の向きを変えた。

正面から咲楽と向かい合う。

もう逃れることはできなかった。咲楽の熱を持った瞳《ひとみ》に見つめられると、なんでも受け入れてしまいそうになる。

咲楽の顔が近づいてくる。身長差があるから、祈は見上げるように上を向き、咲楽は見下ろすように下を向く。そうして、二人の角度が合ったとき、唇が重なり合った。

最初はついばむように軽く、次第に唇が触れている時間が長くなり、やがて、深い口づけへと変わっていく。

「ん……ふぅ……」

キスの合間に漏《も》れ出る息は甘く掠《かす》れる。これでは咲楽も祈が嫌がっているとは、到底、思わないだろう。

抱き合ったまま、もつれるように畳の上に倒れこんだ。咲楽がクッションになってくれたおかげで、祈に衝撃は一切ない。どんな状況でも、咲楽は祈を傷つけるようなことはしなかった。

祈はいつまでも咲楽を下敷きにしているわけにはいかないと、咲楽の顔の脇《わき》に両手をつき、膝《ひざ》を立てて、体を持ち上げた。当然、二人の間には空間ができる。それをいいことに、咲楽が下から祈の服の中に手を突っ込んできた。

外から帰ったばかりで、まだコートすら脱いでいなかった。おまけにインナーを着用した上で、シャツにセーターとかなり着込んでいた。いつもは早業で脱がせてしまう器用な咲楽でも、さすがに面倒なのに違いない。

「あっ……」

冷たい手に素肌をまさぐられ、思わず声が出た。感じているというより、冷たさに驚いただけなのだが、それもやがて快感へと変わっていく。

咲楽の手は、慣れた様子で、祈の肌を這《は》い回る。咲楽には見えていないはずなのに、祈の体のことは知り尽くしているとばかりに、すぐに小さな尖りを探し当てられる。

「や……っ……」

くすぐったいような感覚が、祈の腕から力を抜けさせる。せっかく咲楽に負担をかけないようにと、体を支えていたのに、上半身が崩れ落ちた。

「早いだろ。まだ序の口だぞ」

「だって……」

笑いながらの咲楽の軽口に、祈はまともに反論できない。そうしている間も、咲楽の手はずっと祈の胸をまさぐっていた。

膝はついたたま、咲楽の顔の横で畳に額をつけて頭を支えることで、どうにか咲楽に体重をかけないでいるが、それもそう長くは持ちそうにない。

咲楽が両手で祈の両胸を弄《いじ》る。

指先で抓《つま》まれ、指の腹で押し付けるように撫でられると、息が上がってくる。激しいわけではないが、じわじわとせり上がってくる快感が、祈の息を乱れさせた。

ふっと、右の胸から手の感触が消えた。その手はどこに向かったのか。祈がその答えを見つけるより、咲楽の行動のほうが早かった。

咲楽の手が祈のジーンズのボタンを外しにかかった。その後はファスナーにと段階を踏んで、祈の下肢《かし》から全てをはぎ取られるのに時間はほとんどかからなかった。

外から戻ったばかりで、まだ部屋の中は、何の暖房器具も動かしていない。祈は下半身剝《む》き出しの格好にさせられてしまったが、寒さは全く感じなかった。既に内側から広がる熱が、祈の体温を上げていたせいだ。

咲楽が剝き出しになった祈の双丘に手を這わせ始めた。

撫でまわす手の動きがいやらしい。多分、咲楽以外の誰の手でも、祈はこんなふうに感じたりしないだろう。だが、咲楽がそうしていると思うだけで体が震える。

膝にも力が入らなくなる。ふらふらと揺らめきだした祈に、

「もう無理か？」

咲楽が耳元で優しく問いかけてきた。祈は無言で頷く。

咲楽にしても、いつまでもこの体制では、先に進みづらかったのだろう。すぐに祈の腰を摑《つか》んで、

「じゃあ、交代だ」

体の位置を入れ替えた。

咲楽は一度、体を起こし、それからおもむろに祈の股間《こかん》めがけて顔を屈めた。

「あ……」

羞恥が祈の身を竦ませる。

まだ中心には一度も触れられていなかったのに、祈のそこは完全に形を変えていた。それを咲楽の視線に晒すことが恥ずかしかった。

けれど、咲楽は揶揄《やゆ》することなく、おもむろに祈の屹立《きつりつ》を口に含んだ。咲楽からすれば、祈の反応など、全て想定内のことなのだろう。

「は……あぁ……」

自然と声が零《こぼ》れ出た。祈は手を伸ばし、咲楽の髪に指を絡ませる。

祈を包み込む温かい感触は、上下に動き始め、次第にスピードを増していく。扱《しご》かれた屹立からは、すぐに先走りが零れだした。

咲楽の巧《たく》みな舌使いにより、溢《あふ》れた先走りは、その舌によって舐《な》めとられる。

「やっ……それ……」

快感に流されそうになっていた祈は、焦《あせ》った声を上げる。祈の後孔《こうこう》に何かが触れたせいだ。それが咲楽の指であることはすぐにわかった。

咲楽の目的がそこにあるとわかっていても、やはり触れられることに戸惑《とまど》いは消えないし、きっとこの先も慣れることはないだろう。

祈がどんなに羞恥を感じていようが、咲楽の指が止まらない。何か滑ったものを纏《まと》った指は、強引に祈の中に押し入ってきた。

痛みはなくても、違和感はある。それなのに、咲楽が指を動かすたびに、感じているようにしか聞こえない声が漏れ出た。中のどこを触られても、ひどく感じてしまう。

「そこ……駄目っ……」

前立腺《ぜんりつせん》を指先で擦《こす》りあげられ、祈はついに悲鳴を上げる。

前と後ろを同時に攻められ、快感は限界に達する。感じすぎて、何がどうなっているのかわからない。体の中を探られる感覚が祈をおかしくさせた。

「や……はぁ……っ……」

言葉にならない喘《あえ》ぎが漏れ、瞳には涙が溢れる。そして、それが零れ落ちた瞬間、何か知らない、初めの感触のものが頬《ほお》に触れた。

「な、何……?」

驚きが祈を一瞬で冷静にさせる。

感触の正体を確かめるために視線を向けると、そこにあったのは、およそ一時間前に見たばかりの妖怪だった。その妖怪が舌で祈の涙をぬぐい取ろうとしていた。

さらなる大きな驚きが、祈から言葉を奪う。

いつからこの妖怪はここにいたのか。少なくとも、今、この瞬間、咲楽に口で愛撫《あいぶ》されているところは見られていたことになる。

「これは痛くて泣いてるわけじゃない」

咲楽が顔を上げ、そして、祈の中から指を引き抜くと、笑いながら妖怪に説明した。

咲楽の口ぶりから、妖怪は泣いている祈を心配し、気遣って、涙をぬぐっていたらしいことが祈にも理解できた。

おそらく、祈の誘いを受け、この家にやってきた妖怪は、祈と咲楽の行為を見てしまったのだろう。こういうとき、二口女《ふたくちおんな》たちはいつも示し合わせたように家からいなくなる。だから、つい見られる可能性を忘れていた。

「人間は気持ち良すぎても泣くんだ」

祈からすれば恥ずかしい説明を、咲楽は淡々と妖怪に教えている。だが、妖怪は納得できないようで、立ち去ろうとはしない。

「どうやら、お前から言ってやらないと駄目なようだな」

「何を？」

「泣いてた理由に決まってるだろ。お前が言わないと、こいつはこの場に居続けるぞ。お前が心配でな」

「そんな……」

祈はどうしていいのかわからず、咲楽と妖怪を見比べる。

このまま見られ続けるのなど、絶対に嫌だ。けれど、咲楽は妖怪がいようがかまわずに続けるだろうし、そうさせないためには、自分の口で言うしかない。

「大丈夫だから。気持ち……いいだけだから」

恥ずかしさから、かろうじて出た声は、消え入りそうに小さかったが、祈本人が言葉にしたことで、妖怪は納得したらしい。すぐに近くから妖怪の気配が消えた。

「今の俺が悪いんじゃないぞ。お前がかけた情けのせいだ」

羞恥で首まで赤くしている祈に、咲楽が追い打ちをかけるように指摘してくる。

確かに、妖怪が訪ねてきたのは、祈が誘ったからなのは間違いない。だが、責められるのは祈だけではないはずだ。

「咲楽さんがこんなことするからじゃない」

帰ってくるなり押し倒されたようなもので、祈はそのことを責めた。もっと遅ければ、妖怪に見られることはなかったのだ。

「なんだ、気持ちよくないセックスがいいのか？」

「そんなこと言ってない」

「そうだよな。こんなにしてるんだ」

祈の屹立を咲楽が軽く手で撫で上げる。

妖怪の登場で萎《な》えかけていたものの、その刺激に、再び、勢いを取り戻す。一度、火が付いた体は、簡単に鎮まるはずがなかった。

「それに、もっと気持ちいいことを、この体はもう覚えてるしな」

そう言いながら、咲楽は見せつけるように、自らのジーンズの前を緩めた。

完全に力を持った屹立が外へと引き出され、その光景に祈は息を吞む。

「これが欲しいんだろ?」

咲楽が腰を押し付けてくる。もっともまだ中には入らず、ただ双丘を掠《かす》めただけだ。

「言い方が……やだ……」

祈は下から咲楽を潤《うる》んだ目で睨《にら》み上げる。

「何が?」

「エロ親父みたいだもん」

祈の答えがおかしかったのか、咲楽はふっと笑った。

「お前から見たら、充分すぎるくらいに親父だからな。親父臭《くさ》くて当然だ」

咲楽は微塵《みじん》も言動を改めるつもりはないようだ。そもそも、妖怪には親父臭いという概念はないのかもしれない。

「あいつがいなくなったら、もう素直にはなれないか？」

祈がさっきから返事をはぐらかしていることに、咲楽は気付いていた。

「これが欲しいって言えよ」

咲楽がもう一度、祈の答えを求めてくる。それでも、祈は素直になれなかった。さっきの快感に流されたままなら、言えたかもしれない。けれど、一度、冷静さが戻ると、咲楽の言うまま、口にするのが悔しい気がした。

「絶対に言わない」

祈はぷんとそっぽを向く。けれど、祈のそんな些細な抵抗は、咲楽には通じなかった。

咲楽が祈の両足を両手でそれぞれ抱え込む。咲楽の屹立はさっきから後孔の近くにあった。これでもう逃げられない。

「俺、言ってないのに……」

「お前は言葉よりも態度のほうが正直だからな」

「だったら、言わそうとしなくたっていいじゃない」

「そういうプレイだろ。恥ずかしがるお前を見て楽しんでるんだよ」

「もうやだ」

咲楽のエロ親父そのものな台詞に、祈は、むくれて顔を逸らす。

「悪い悪い。その分、ちゃんと気持ちよくしてやるから」

まったく悪いとは思っていなさそうな軽い口調で宥めつつ、咲楽が腰を進めてくる。

「ああっ……」

屹立が押し入ってくる衝撃に、祈は悲鳴を上げる。それでも、咲楽は構わずに奥深くまで一気に突き入れた。

深く穿《うが》たれ、呼吸もできなくなる。祈の視界は霞《かす》み、咲楽がぼやけてしか見えない。

「祈、わかるか？」

祈は息苦しさを感じながらも、何を言っているのかと、言葉ではなく、ぼんやりとした視線だけを向ける。

「今、俺とこんなに深く繋がってる。それでも嫌か？」

熱を持った咲楽の問いかけに、祈は無言で首を横に振ると、覆《おお》いかぶさってきた咲楽に夢中でしがみついた。

「嫌じゃない。好き、大好き」

穿たれたままのこの状況では、冷静に考えることなどできない。だからこそ、思ったことがそのまま言葉になる。嘘偽りのない、祈の気持ちだ。

繋がっている、まさにこの瞬間が、一番近くに咲楽を感じられるというのに、それが嫌なはずがなかった。

祈の告白が咲楽を突き動かす。おそらく、この言葉を聞くまでは、咲楽にも余裕があったはずだ。けれど、今の咲楽には微塵も余裕は感じられない。

「あっ……はぁ……ああ……」

突き上げられ、ひっきりなしに嬌声《きょうせい》が溢れ出た。突かれても引き抜かれても、全てが祈を感じさせていた。

「も……もうっ……」

祈は限界を訴える。これ以上、快感を与えられると、おかしくなってしまう。

先走りを零し続ける祈の屹立に、咲楽が指を絡める。

「くっ……」

深く突き上げられた瞬間に、屹立を強く擦られたことで、祈はようやく解放の瞬間を迎えた。そして、祈の中でも、咲楽が迸《ほとばし》りを解き放つ。

妖怪だからなのか、咲楽はコンドームを着けるということはしなかった。そして、いつもそのまま中に出されてしまうのだが、祈がそれで体調をおかしくするということもない。まるっきり人間のように見えても、血液や精液などは成分が違っているのだろう。

咲楽が萎えた屹立をゆっくりと引き抜く。その感覚に背筋が震えたが、どうにか快感にまでは発展させずに済んだ。

「さてと、飯の支度をするか」

余韻も情緒もなく、咲楽はすぐに乱れた服を直して立ち上がる。

「なんかさ、もっと何かないの？」

祈は寝転んだままで、咲楽に問いかける。

「甘い愛の言葉でも囁《ささや》いてほしいのか？」

「そんなこと言ってないよ」

咲楽からからかうように問いかけられ、祈はムキになって否定する。けれど、それは図星を突かれたようなものだったからだ。甘い言葉は大げさでも、もう少しゆっくりとまどろむような時間が欲しい気がしていた。

「俺としちゃ、お前を気遣ったつもりなんだがな」

「どういうこと？」

「二回戦目に突入していいなら、いくらでも余韻に浸ってやるぞ」

ニヤリとしたいやらしい笑みを浮かべ、咲楽が答える。

「いいわけないいじゃない」

祈は慌てて体を起こし、脱がされた服を拾い集める。下半身剝き出しのままでいたら、いつ、咲楽の気が変わるかわからない。

「咲楽さんの馬鹿《ばか》」

「ひどい言われようだな」

そう言いながらも楽しそうな咲楽を見ていて、祈はふと思い出した。

「そうだ、咲楽さん、あの子がすぐに来るってわかってたよね？」

だからこそ、咲楽は帰るなり、祈を抱こうとしたのではないか。夕食の支度を中断してまでというのは、咲楽にしては唐突すぎて、不自然だ。あの妖怪に見せつけるためにしたとしか、祈には思えなかった。

「最初が肝心だからな」

「どういう意味？」

「わからせておいたほうがいい。お前が誰のものかってことをだ」

世間知らずの祈でも、さすがにこの言葉の意味はわかる。咲楽のことは好きだけれど、所有物扱いには抵抗がある。

「俺、ものじゃないよ？」

「番《つがい》の相手という意味だ」

「番って……」

まさかの台詞に、祈は言葉に詰まる。まるで動物のようだが、妖怪の咲楽からすれば、その言い方が当たり前なのだろう。

「それだと、咲楽さんも俺のものってことになるよね？」

咲楽が素直に頷くとは思わないものの、何も言わないでいるのはおかしい気がする。それで、祈は問い返してみた。

「ああ。俺は昔からずっとお前のものだ」

咲楽はまっすぐに祈を見つめ、真剣な声音で、一切の迷いもなく即答した。

祈も咲楽に応えたい。その思いで咲楽を見つめ返す。そのときだ。

「盛り上がってるとこ、悪いんだけど」

二口女の登場で、その場の温度が一瞬で下がった。

どこから見られていたのか、祈は焦って二口女に顔を向ける。

「ど、どうしたの？」

「表でずっと垢舐《あかねぶ》りが待ってるんだけど」

「あかねぶり？」

聞きなれない言葉に、祈は首を傾げる。

「トカゲみたいな妖怪よ。祈が呼んだんでしょ？」

「あの子、そんな名前だったんだ」

祈はすぐに理解した。咲楽に尋ねればわかったのかもしれないが、つい聞くタイミングを逃して、名前を知らないままでいた。

「まあ、人間が勝手に呼んでるだけだけどね」

二口女はさして興味なさげに答えると、

「それよりも、祈はこいつといるとき、ちょっと気を抜きすぎじゃない？　妖怪が近くにいる気配とか、全く感じてないでしょ」

少し怒ったように指摘してきた。

「そう……かな？」

祈は自覚がないふうに答えたものの、二度も続けて妖怪が近づいてきた気配に気付かなかったのだから、認めるしかないのだろう。

いつもは姿の見えない場所にいても、妖怪がいれば、その気配を感じることができていた。それが、いつの間にか、咲楽がそばにいると、咲楽の妖気だけしか感じられなくなっていることに、今、初めて気付かされた。

「俺がいるときに、こいつが妖気を気にする必要はない」

咲楽がいつもながら、二口女には冷たい態度で答えた。もっとも、二口女も咲楽のこんな態度には慣れっこだ。

「あんたはあんたで、祈を甘やかしすぎだし」

二口女は祈と咲楽の顔を見比べ、これ見よがしに、呆《あき》れたような溜め息を吐いた。

「まあ、あたしには関係ないけど」

「全くだな」

咲楽は全く動じず、ばっさりと切り捨てる。

二人のやり取りは、見ている祈がハラハラするだけで、当の本人たちは気が合わないのだから仕方がないことだと、気にした様子はない。

「垢舐りは中に入れていいのね？」

「お願いします」

一人、緊張感を感じていた祈は、思わず馬鹿丁寧に頭を下げてしまう。

二口女は現れたときと同様、唐突に去って行った。

「なんか、言いたい放題、言われちゃったね」

同じ言われた者同士だと、祈が照れ笑いで咲楽に声をかける。

「お前は自業自得だ」

垢舐りを呼び寄せたことを咲楽は指しているのだろう。垢舐りに声をかけることがなければ、恥ずかしい思いをせずに済んだし、二口女に嫌味を言われることもなかったのだ。

「でも、楽しくない？」

問いかける祈の顔には、隠しきれない笑みが浮かんでいた。

妖怪にからかわれたり、怒られたりするのも、祈が望んだ楽しい生活だ。できるなら、咲楽にもそれを一緒に楽しんでもらいたかった。

「お前が楽しいなら、それでいい」

「やっぱり、甘やかされてるね」

祈は面映《おもは》ゆくなり、照れ笑いする。

自分ではそれなりに大人になったつもりでいたけれど、甘やかされることに心地よさを覚えてしまう。きっと咲楽だけが与えられる心地よさだ。こんなに心地いいなら、同じ思いを咲楽にも味わわせてあげたい。

「あのね、咲楽さん。咲楽さんも甘えたくなったら、俺に甘えていいよ」

「俺がお前に？」

咲楽が怪訝《けげん》な顔をして、まじまじと祈を見つめる。それから、ぶっと派手に噴《ふ》き出した。

「今、笑うとこ？」

座敷童と恋をする。

祈がムッとして問いかけると、咲楽は笑ったままで、

「いや、もう充分に甘えさせてもらってる」

予想外の答えを口にした。

「俺、何もしてないよ？　してもらってばかりじゃない」

家のことは、ほとんど全て咲楽がしてくれているし、妖怪退治にしても、咲楽がいなければできないことだ。

「妖怪の俺がそばにいることを許してくれてるんだ。俺にはそれで充分だ」

「それって、咲楽さんだけじゃないから、もっと咲楽さんにしかできないようなことがしたいんだけど……」

「それもしてるだろ」

咲楽が思わせぶりな笑みを浮かべる。

祈が咲楽としかしていないことといえば、一つしかない。

二人の間に、数分前に二口女によって壊された甘い空気がまた流れ始める。だが、それを打ち破ったのも、また二口女だった。

「はいはい、お二人さん、もういい加減にしてよね」

完全に呆れ顔の二口女が、垢舐りを連れて戻ってきた。中に入れていいと言ったのは祈なのに、ま

た気配にも気付けなかった。

「まったく、妖怪に気を遣わせるんじゃないわよ」

ぶつぶつと文句を言う二口女に、祈は咲楽と顔を見合わせて笑った。

狐は切なく恋をする。

外からでも、屋内の賑《にぎ》やかな様子がわかる。

狐《きつね》は上空から、すっと屋内に降り立った。

「あれ？　どうしたの？」

縁側《えんがわ》にいた祈《いのり》がすぐに気付いて、問いかけてくる。

祈の周りには、二口女《ふたくちおんな》たち、妖怪が集まっていた。何をしていたのか知らないが、皆、楽しそうな笑顔だ。この家ほど、人間と妖怪が自然に暮らせる場所を、狐は知らない。祈の祖父の頃からそうだった。

「あの人からの伝言を伝えに来た。妖怪に憑《と》りつかれているという男のところに、一緒に行ってほしいそうだ」

「今から？」

「いや、約束は明日だ」

「わかった。三俣《みつまた》さんにも伝えておいて」

祈はそう答えてから、ふと思いついたように、

「神社には電話がないの？」

不思議そうに尋ねてきた。

「ないわけないだろ」

「だよね。だったら、どうして、三俣さんは電話をしてこないのかな」

祈が疑問に思うのも無理はない。妖怪退治に関して、三俣は毎回、自分でここまで足を運ぶか、手が離せないときは、狐に伝言を頼んでいた。用件を伝えるだけなら、電話で充分だし、返事もその場で聞ける。

「お前の様子を見てきてほしいんだろう」

三俣から直接、そう言われたわけではないが、おそらく間違いないだろう。それがわかるから、狐は言われるまま、訪ねているのだ。

「俺のこと、心配してくれてるんだ」

祈がどこか申し訳なさそうな照れ笑いを浮かべている。

「だったら、妖怪退治を頼むなって話だ」

腰の低い祈とは正反対に、挑戦的な口調で咲楽《さくら》が顔を出した。途端に、庭にいた妖怪たちが気配を消す。同じ妖怪でも、咲楽だけは周りと友好的な関係を築いているわけではないようだ。

「嫌なら、引き受けなければいい」

狐も負けじと冷たく言い返す。

他の妖怪と親しくしないのは、狐も同じだ。むしろ、狐のほうが、その傾向は強いだろう。何しろ、神社には狐以外の妖怪を一切寄せ付けないようにしているくらいだ。

「えっと、喧嘩《けんか》はやめようよ」

睨《にら》み合う狐と咲楽の間に、祈が困惑顔で割って入ってきた。

「喧嘩をしているわけじゃない」

「そんな無駄なことをして何になる」

咲楽が先に弁解し、それに狐が続く。

「だって、二人とも大きいから、並んで険しい顔していると、迫力がありすぎるんだよ」

咲楽にしろ、人型になっている狐にしろ、祈よりは十センチ以上も大きい。祈が迫力を感じるのも当然だ。

「本当の姿もそんなに大きいの？」

祈が狐に尋ねてくる。

「狐は元々の姿は人間じゃないんだよね？」

「ああ、狐だ」

隠しているわけではないから、狐はぶっきらぼうに答えた。

「どうして、その人型で、その外見にしたの？」

祈が疑問を抱くのも無理はない。妖怪が人型になるのは、人間に見られることを前提としている。人間からは見えない狐が人型になることに、意味があるのか不思議なのだろう。

「稀《まれ》に見える人間がいるからな」

こんな質問をされることくらいは想定済みで、狐は考えることもなく答えを口にした。

「俺とかじいちゃん用にってこと？」

「そうじゃない」

否定したのは、狐ではなく咲楽だった。

「見える人間がいれば、狐がどんな外見なのかは、見えない人間にも伝えられる恐れがある。そのためだろ？」

確信を持ったふうに咲楽が問いかけてくる。祈も返事を待っている。だが、狐は答える代りに、その場から姿を消すことを選んだ。

答える義理はないし、咲楽の訳知り顔にも腹が立った。それに、用はもう済んでいたのだ。いつまでも話に付き合う理由も、狐にはなかった。

狐が今の外見になったのは、もう三十年近くも前だ。それまでは、九つの尾のある狐の姿だった。だが、三俣が神社の神主としてやってきたときに、姿を変えた。

最初は、咲楽が言ったような理由が原因ではなかった。

ただ三俣に近づきたくて、同じ人間の姿になろうと思っただけだった。祈が言うところのホスト風の外見も、町ですれ違った男をみて、三俣がこんな整った顔の男性がいるのかと感心したように言っていたから、その男を真似《まね》したに過ぎない。

全ては、三俣のためだった。だが、三俣がそれを望んだわけでもなく、狐がそんなふうに思っていることなど、知りもしないだろう。

空中を移動し、歩くよりも格段に速く、狐は神社に戻った。

鳥居の前で地面に降り立ち、そこからは歩いて本堂に向かう。三俣と一緒に行動し続けてきたため、礼をもって尽《つ》くすのが体に染みついていた。

「おや、お帰りなさい」

本堂に足を踏み入れた瞬間、三俣が狐に顔を向け、声をかけてきた。

見えないのは確かなのに、三俣が狐の気配に気づかなかったことはない。それどころか、居場所まで把握《はあく》して、なんなら、目線さえ、合わそうとしてくる。ここが狐の目だろうと思われる場所を見つめて、三俣は話しかけてくるのだ。

「ご苦労様でした」

労《ねぎら》いの言葉をかけられても、狐が答えを返すことはできない。三俣には見えていないし、狐の声も聞こえていないのだ。

咲楽のように、人間の振りで生活することは、狐にもできる。そうすれば、三俣と言葉を交わすことも可能となる。それでも、狐はあくまで見えないままでいることを選んだ。

「みなさん、元気にしていましたか？」

問いかけに狐は無言で頷く。

「それはよかった」

三俣はまるで狐の対応が見えているかのようだ。気配を感じられるだけというが、三俣のような力を持った人間に、何百年と生きている狐でも会ったことがない。

だから、狐は見えないままでいいと思うのだ。三俣と意思疎通を図るのに、不自由は感じない。言葉はかわせなくても、わかってもらえる。

「また妖怪が増えたようですが、君の知り合いはいましたか？」

今度の問いかけには、首を横に振る。

狐が何百年と生きていることを三俣は知っている。だから、知り合いの妖怪も多いのではないかと考えているようだが、実際、見たことがある程度の妖怪なら、たくさんいる。けれど、交流があるかと言われれば、否だ。狐はどんな妖怪とも馴れ合わずに生きてきた。

「そうですか。君にも友達がいればと思ったのですが……」

また狐の反応を読み取り、三俣は残念そうに呟《つぶや》く。

「九尾の狐は何千年と生きるらしいですね」

三俣が急に話を変える。

狐自身はまだそれほど生きてはいない。せいぜいが数百年だが、それでも、人間にとっては充分すぎるくらいに長生きだ。それが誤解を生み、何千年という伝説ができてしまったのだろう。もしかしたら、狐以外に何千年と生きている九尾の狐がいるのかもしれないが。これまで狐は九尾に会ったことはなかった。

「君はこの先も長く生きるのですから、連れ合いになるような妖怪がいればいいのですが……。そうでないと私も安心して逝《い》けません」

三俣はまだ五十代だ。寿命を口にする年ではない。それにそんな心配は無用だ。祈の祖父が亡くなったとき、多くの妖怪が付き添って逝ったように、狐もまた三俣とともに逝くつもりでいた。三俣のいないこの世に未練はない。

だが、他のことなら、狐の思いを汲《く》み取ってくれる三俣も、この狐の気持ちだけはわからないようだ。自分の死後も狐が生き続けるものだと思い込んでいる。

狐が三俣を慕っていることは、三俣もわかっているはずだ。だが、その度合いをかなり少なく見積もっている。ときどき、こうしてその事実に気付かされる。

初めて、三俣に会ったとき、狐はそれまでに感じことのない衝撃を受けた。三俣を取り囲む暖かい空気が、凍り付いていた狐の心にまで暖かさを運んできたのだ。

三俣の経歴は決して恵まれたものではなかった。子供のころに両親を亡くし、天涯孤独で育った上に、妻とも子供ができる前に死別している。生まれも育ちも、この町ではないのだが、急逝した神主の代わりにと頼まれ、一人で身軽だからとやってきた。

どこか達観したところがあるのは、その生い立ちが原因しているのかもしれない。三俣は誰に対しても分け隔てなく優しいが、踏み込んだ関係にはなろうとしなかった。いずれ来るであろう別れを見越して、深くかかわらないようにしている。狐にはそんなふうに思えた。狐との別れも当たり前にやってくる出来事だと受け入れているのだろう。

三俣は人間だ。長く生きても、残りの人生は四十年程度だろう。だが、人間にとっての四十年は長い。にも拘《かか》わらず、一人で生きていくことを選んだ三俣に、狐はシンパシーを感じた。狐もずっと一人で生きてきたからだ。

最初は、それならせめて三俣が逝くときまで一緒にいてやろう。そう思っただけだった。狐が先に逝くことはないから、寂しがらせずに済む。けれど、同じ時を過ごすようになり、狐の心が揺らいできた。残されることの寂しさに気付いたのだ。

だから、狐は一緒に逝く。三俣に知られれば反対されるだろうが、もう決めたことだ。それに、その瞬間が来ても、三俣には教えるつもりはなかった。

狐が三俣に姿を見せないのは、それが原因でもあった。誰とも深い関係になるのを拒む三俣には、見えないまま、そばに気配を感じるくらいがちょうどいいのだ。

ただ、時折、無性に寂しくなるときがある。祈と咲楽の関係を目の当たりにしたときだ。

正直、二人を羨《うらや》ましいと思わないと言ったら、嘘《うそ》になる。祈はともかくとして、咲楽までも、先のことを考えず、今を共に過ごす時間を大事にしている。

もしかしたら、祈と咲楽のように、三俣も狐を受け入れてくれるかもしれない。だが、姿が見えた途端、距離を置かれてしまう可能性は消えない。だから、何年経っても、一歩、足を踏み込む勇気が出なかった。

そんな狐の葛藤《かっとう》には気付かず、三俣は座卓で書き物を始める。狐はその背中に回り込んだ。

ずっと触れたくても触れられない背中がそこにある。

もちろん、触れようと思えば、いつでもできる。狐なら姿を見せることなく、触れられる。だが、それでは、狐の仕業だとわかってしまう。三俣には姿を見せられず、声も聞こえず、触れることもできないのだと思わせなければならない。

狐はそっと三俣の体に腕を回す。三俣には触れず、包み込むように、自分の腕で輪を作った。

これが狐にできる精いっぱいの自己主張だ。

狐の顔のすぐそばには、三俣の後頭部がある。その後頭部が不意に振り返った。

「どうかしましたか?」

そこに狐がいることを確信して、尋ねてくる。

三俣には狐の居場所が特定できることを忘れていたわけではないのだが、あまりの顔の近さに、狐は身動きもできずに固まった。

「珍しいですね。君が甘えてくるなんて」

三俣が優しく微笑《ほほえ》みかけてくる。そして、三俣の胸の前に回した狐の腕に、掌を重ねてきた。

もちろん、実際に触れ合ってはいない。だが、三俣の手は確実に腕に重なっている。狐にははっきりとその光景が見えていた。

見えるとか見えないとか、そんなことはどうでもよかった。三俣がいつでも狐を感じてくれるのなら、それでよかった。

あとがき

こんにちは、はじめまして、そして、リンクスロマンス様ではお久しぶりの、いおかいつきと申します。

この度は、『座敷童に恋をした。』を手に取っていただき、ありがとうございます。

今回は久しぶりに、事件も起こらず、刑事も探偵も出てこないので、終始、穏やかな気持ちで書き進めることができました。架空の話とはいえ、強盗だの殺人だのを書いていると、どうしても、表情が険しくなってしまうもので……。

というわけで、どちらかといえば、半笑い状態で書き上げた今作は、タイトルどおり、妖怪ものです。

昨今の妖怪ブームに乗っかってというわけでもないのですが、ちょうどプロットの相談をする時期に、猛烈に人外ものを書きたいブームが私の中で発生中で、そのまま担当様に言ってみたところ、それなら妖怪だ、座敷童だということになりました。

妖怪ものだから、いろんな妖怪が書ける！　と、好き放題に書きましたが、やはり一番は座敷童でしょう。座敷童にあるまじき、おっさん設定です。

でも、これは私がおっさん好きだからでも、おっさんしか書けないからでもなく、担当様の「座敷童はおっさんがいいです」という一言が始まりでした。まあ、そこで、すぐにいいかもと思ってしまうあたり、私のおっさん好きは間違いないようです。
そして、その座敷童に恋した受は、非常に可愛い人間の男の子です。珍しく、可愛いと断言できる受を書きました！
攻は妖怪だし、受は可愛いしで、私にとっては新鮮なことだらけだった、このお話。いつもの私の話とはあまりにもテイストが違いすぎるので、皆様にはどんなふうに受け取ってもらえるのか、かなりドキドキしております。

素敵なイラストを描いてくださった佐《さ》々《さ》木《き》久《く》美《み》子《こ》様、本当にありがとうございました。過去にも何度か、挿絵をしていただいたことがありますが、毎回、いい意味での予想を裏切るイラストに、感動しきりでございます。今回も、主役の二人はもちろん、狐……。超好みです。

いろいろとご迷惑をおかけした担当様、本当に申し訳ありませんでした。自分の読みの甘さに反省するしかありません。ですが、自由に書かせてくださったおかげで、自分にとってもお気に入りの一冊となりました。

そして、最後にもう一度。この本を手にしてくださった方へ、最大の感謝を込めて、ありがとうございました。

いおかいつき

海の鳥籠《うみのとりかご》

高原いちか
イラスト：亜樹良のりかず
本体価格870円+税

地中海に浮かぶニケ諸島を支配する、ウニオーネ・ニケーレ一家。そこに引き取られたリエトは一家から疎まれる存在だった。そんななか唯一リエトを大事にしてくれたのが一家の跡取りイザイアだった。一度だけイザイアと身体の関係を結んだリエトだが、この関係が彼の立場を危うくすることに気づき、一方的に姿を消す。数年後——別人のように残忍な微笑を浮かべたイザイアが現れる。「二度と逃げることは許さない」と孤島に閉じ込められ、執着と狂気に形を変えたイザイアの愛情に翻弄されるリエトだが…。

リンクスロマンス大好評発売中

ファーストエッグ 4

谷崎 泉
イラスト：麻生 海
本体価格 900 円+税

警視庁捜査一課の片隅にひっそりと存在する、さまざまな事情を抱えた刑事が所属するお荷物部署——特命捜査対策室五係。中でも佐竹は、気怠げな態度と自分本位な捜査が目立つ問題児だった。その上、プライベートでも更なる問題を抱えている…。それは、元暴力団幹部で高級料亭主人の高御堂と同棲し、身体だけの関係を続けているということ。しかし年月を重ねる中で、佐竹の高御堂への想いは徐々に形を変え、いけないと分かりながらも彼から離れることができずにいた。そんな中、佐竹の周囲では過去の確執を巡る様々な事件が起こり…!?

太陽の標 星の剣《たいようのしるべほしのつるぎ》
〜コルセーア外伝〜

水壬楓子
イラスト：御園えりい

本体価格870円+税

シャルクを殲滅するため本拠地テトワーンへ侵攻していたピサール帝国宰相のヤーニが半年ぶりにイクス・ハリムへと帰国した。盛大な凱旋式典や宴を催されるヤーニだが、恋人であるセサームとの二人だけの時間がとれずに苛立ちを募らせていた。そんな中、セサームの側に彼の遠縁のナナミという男が仕え始めていて、後継者候補だと知る。近いうちに養子にするつもりだというそのナナミに不信感を覚えたヤーニは彼を調査するよう指示するが…。

リンクスロマンス大好評発売中

恋、ひとひら《こいひとひら》

宮本れん
イラスト：サマミヤアカザ

本体価格870円+税

黒髪に大きな瞳が特徴的な香坂楓は、幼いころに身寄りをなくし、遠縁である旧家・久遠寺家に引き取られ使用人として働いていた。初めて家に来た時からずっと優しく見守ってくれていた長男・琉生に密かな想いを寄せていた楓だが、ある日彼に「好きな人がいる」と聞かされてしまう。ショックを受けながらも、わけあって想いは告げられないという琉生を見かねて、なにか自分にできることはないかと尋ねる楓。すると返ってきたのは「それなら、おまえが恋人になってくれるか」という思いがけない言葉で…。

イラストレーター募集

リンクスロマンスでは、イラストレーターを随時募集いたします。

リンクスロマンスから任意の作品を選び、作品に合わせた
模写ではないオリジナルのイラスト（下記各1点以上）を描いてご応募ください。
モノクロイラストは、新書の挿絵箇所以外でも構いませんので、
好きなシーンを選んで描いてください。

1 表紙用 カラーイラスト

2 モノクロイラスト（人物全身・背景の入ったもの）

3 モノクロイラスト（人物アップ）

4 モノクロイラスト（キス・Hシーン）

募集要項

＜応募資格＞

年齢・性別・プロ・アマ問いません。

＜原稿のサイズおよび形式＞

◆Ａ４またはＢ４サイズの市販の原稿用紙を使用してください。
◆データ原稿の場合は、Photoshop（Ver.5.0 以降）形式でＣＤ－Ｒに保存し、出力見本をつけてご応募ください。

＜応募上の注意＞

◆応募イラストの元としたリンクスロマンスのタイトル、あなたの住所、氏名、ペンネーム、年齢、電話番号、メールアドレス、投稿歴、受賞歴を記載した紙を添付してください（書式自由）。
◆作品返却を希望する場合は、応募封筒の表に「返却希望」と明記し、返却希望先の住所・氏名を記入して返送分の切手を貼った返信用封筒を同封してください。

＜採用のお知らせ＞

◆採用の場合のみ、６カ月以内に編集部よりご連絡いたします。
◆選考に関するお電話やメールでのお問い合わせはご遠慮ください。

宛先

〒151-0051 東京都渋谷区千駄ヶ谷４−９−７
株式会社　幻冬舎コミックス
「リンクスロマンス　イラストレーター募集」係

この本を読んでの
ご意見・ご感想を
お寄せ下さい。

〒151-0051
東京都渋谷区千駄ヶ谷4-9-7
(株)幻冬舎コミックス　リンクス編集部
「いおかいつき先生」係／「佐々木久美子《ささきくみこ》先生」係

リンクス ロマンス

座敷童に恋をした。

2015年2月28日　第1刷発行

著者……………いおかいつき
発行人…………伊藤嘉彦
発行元…………株式会社　幻冬舎コミックス
〒151-0051　東京都渋谷区千駄ヶ谷4-9-7
TEL 03-5411-6431（編集）
発売元…………株式会社　幻冬舎
〒151-0051　東京都渋谷区千駄ヶ谷4-9-7
TEL 03-5411-6222（営業）
振替00120-8-767643
印刷・製本所…株式会社　光邦
検印廃止

ISBN978-4-344-83337-1 C0293
Printed in Japan

幻冬舎コミックスホームページ　http://www.gentosha-comics.net